JN246117

泥の好きなつばめ

細見綾子の俳句鑑賞

辻　恵美子

邑書林

泥の好きなつばめ＊目次

弱けれど春日ざしなり夢殿に　61

百里来し人の如くに清水見る　62

元日の昼過ぎにうらさびしけれ　63

ひし餅のひし形は誰が思ひなる　64

チューリップ喜びだけを持つてゐる　65

ふだん着でふだんの心桃の花　66

つばめ〳〵泥が好きなる燕かな　67

み仏に美しきかな冬の塵　68

九頭竜の洗ふ空なる天の川　69

秋蚕飼ふものやはらぎを兵還る　70

寒の水念ずるやうにのみにけり　71

榛芽吹き心は湧くにまかせたり　72

寂光といふあらば見せよ曼珠沙華　73

きさらぎが眉のあたりに来る如し　74

遠雷のいとかすかなるたしかさよ　75

まぶた重き仏を見たり深き春　76

朝雉子の一と声をあめつちに立ち　77

ありありと何に覚むるや朝雉子は　78

山吹の咲きたる日々も行かしめつ　79

早春の山笹にある日の粗らさ　80

春近し時計の下で眠るかな　81

藤はさかり或る遠さより近よらず　82

鶏頭を三尺離れもの思ふ　83

冬薔薇日の金色を分ちくる、　84

峠見ゆ十一月のむなしさに　85

山茶花は咲く花よりも散つてゐる　86

冬来れば母の手織の紺深し　87

くれなゐの色を見てゐる寒さかな　88

見得るだけの鶏頭の紅うべなへり 89

くわりんの実しばらくかぎて手に返す 90

硝子戸の中の幸福足袋の裏 91

春雷や胸の上なる夜の厚み 92

硝子器を清潔にしてさくら時 93

軽き日は鏡にうつす冬田の犬 94

木蓮の一片を身の内に持つ 95

母てふ名よ桐花落す黒き土 96

白木槿嬰児も空を見ることあり 97

寒卵二つ置きたり相寄らず 98

肉親が寄りおびただしき羽蟻 99

不幸にて雑茸汁を賞でて食ふ 100

歯朶の枯れ残菊の紅子に帰らん 101

つひに見ず深夜の除雪人夫の顔 102

音もなく足袋のつぎしてゐし時間　103

雪今日も白魚を買ひ目の多し　104

花火上るどこか何かに応へゐて　105

能登麦秋女が運ぶ水美し　106

熟れ杏汝(なれ)と吾との間ひに落つ　107

蘭咲くを家中のもの知りて暮らす　108

寒鮒の生きてゐし血や流れもせず　109

雪合羽汽車に乗る時ひきずれり　110

山に雪女に帰路といふものあり　111

生くること何もて満たす雉子食ひつつ　112

からたちの新芽単純希ひ止まず　113

蜂が吸ふいちじく人は瞬時も老ゆ　114

砂山の砂ふところに墓しぐれ　115

紙漉くや雪の無言の伝はりて　116

ストーブに石炭をくべ夢多し　117

雪の鳥飛んで行きつく葡萄の木　118

晩秋や一人の時に桐つつ立つ　119

枯野電車の終着駅より歩き出す　120

母の年越えて蕗煮るうすみどり　121

雪解川烏賊を喰ふ時目にあふれ　122

山吹の茎にみなぎり来し青さ　123

蕗の薹喰べる空気を汚さずに　124

海にちる桜を見むと伊良湖崎　125

能登の柚子一枚の葉が強くつく　126

胸うすき日本の女菖蒲見に　127

鶏頭の頭に雀乗る吾が曼陀羅　128

画家来る大鶏頭を抜きし日に　129

餅のかびけづりをり大切な時間　130

冴え返る匙を落して拾ふとき　131

青梅を洗ひ上げたり何の安堵　132

もぎたての白桃全面にて息す　133

晩年の文字やすすきのごと華やぐ　134

山折れてふところなすに遅桜　135

木綿縞着たる単純初日受く　136

寒夕焼終れりすべて終りしごと　137

豆飯を喰ぶとき親子つながりて　138

おほばこの花の若さを詠ひたし　139

紫蘇の花咲く一隅がわが一隅　140

山葵田を経めぐりし水さらに落つ　141

虹飛んで来たるかといふ合歓の花　142

穂すすきの群るる山越え愛語の書　143

紙反古に埋まり十一月ぬくし　144

枯れに向き重き辞書繰る言葉は花　145

灌仏会野山急なる明るさに　146

木蓮のため無傷なる空となる　147

仏像のまなじりに萩走り咲く　148

仏見て失はぬ間に桃喰めり　149

木村雨山の坐り姿の初冬なる　150

赤多き加賀友禅にしぐれ来る　151

家の裏ばかり流れて冬の川　152

藪からしも枯れてゆく時みやびやか　153

早春の寺山吹の茎もつれ　154

女身仏に春剝落のつづきをり　155

観衆の前の鵜観衆を知りてゐし　156

青梅の最も青き時の旅　157

竹落葉時のひとひらづつ散れり　158

錆び鮎のはらわたを喰み顔昏れる　159

柚子煮詰む透明は喜びに似て　160

春の雨瓦の布目ぬらし去る　161

猪肉の味噌煮この世をぬくもらむ　162

浅き水喜び流れ山葵沢　163

さうめんが川に沈める紙漉村　164

鵜飼宿くさぎの花の暗みなす　165

切り立ての水仙包む新萱菰　166

山繭のさみどり春のさきがけか　167

ぱらついて雨は霞となつてしまふ　168

山吹の枝長過ぎし枕上み　169

鶏頭の一本立ちも放光寺　170

うららかさどこか突抜け年の暮　171

春立ちし明るさの声発すべし　172

まんさくは煙りのごとし近かよりても　173

白鳥に到る暮色を見とどけし　174

桜の実踏まれずにあり卯辰山　175

稲刈りのべんたう寺にあづけおき　176

サフランを誰かが買へり枯灯台　177

寒晴れが瓶のあんずに及ぶかな　178

春の雪青菜をゆでてゐたる間も　179

梅を見て空の汚れのなきをほむ　180

鵯の喧嘩辛夷の花を散らしたり　181

牡丹咲きてよりの日数を指折りて　182

雲ふるるばかりの花野志賀の奥　183

馬宿といふものぞきて秋の暮　184

餅にかびつく頃に咲くすみれあり　185

春になる夕べ寒しと言ひながら　186

急ぐ雲急がぬ雲に秋立てり 187
古九谷の深むらさきも雁の頃 188
犬ふぐり海辺で見れば海の色 189
老い桜落花は己が身に降りて 190
蕗ゆでて平生心に戻りけり 191
青葉潮みちくる一期一会なる 192
些事ばかり多くてもちの花咲けり 193
螢火の明滅滅の深かりき 194
生家なる生れ生れの赤き蛇 195
杭打ちて秋雲ふやしゐたりけり 196
仲秋名月海にただよふ島に来て 197
正月の雪や一日眉まぶし 198
蕗の薹見つけし今日はこれでよし 199
涅槃会の雪や女の集りに 200

201 西行庵十歩離れずよもぎ摘む

202 晩夏てふ言葉やるかたなかりけり

203 伊勢の海帰燕のあとの青さなる

204 突堤の端まで押され雁渡し

205 年の瀬のうららかなれば何もせず

206 那智滝のしぶきをあびし年も行く

207 風にとぶすすき描かれゐたりける

208 雲流れゆきしあとあり朴若葉

209 くくり女と同じ冬日につづくまる

210 自ねんじよをすり枯れ色をおしひろぐ

211 冬来れば大根を煮るたのしさあり

212 何といふ風か牡丹にのみ吹きて

213 台風あと別な白さの萩咲ける

214 どんぐりの弾みて落つを知りたまふ

寒牡丹淡きは淡く濃きは濃き 215

山形の桜桃来たるまたたきて 216

盆栗を拾ふ飯籠いつぱいに 217

常滑の朱泥に散りて竹落葉 218

初野分母をへだててしまひけり 219

飲食（おんじき）につひやす時間年の暮 220

かきつばた紫を解き放ちゐし 221

天然の風吹きゐたりかきつばた 222

雨の日を灯ともし色の枇杷貫ふ 223

蟻つひに現れざりし蟻地獄 224

一遍像光るまなこに木の実落つ 225

行く春や塩壺と書きしるしあり 226

北上の水音時に惜春賦 227

どんぐりが一つ落ちたり一つの音 228

牡丹散り果てたる夜は月まん丸 243

わが余白雄島の蟬の鳴き埋む 244

去ぬ燕水に幾度も触れゆけり 245

今は散るのみの紅葉に来り会ふ 246

水ぎはまで埋む菜の花長良川 247

門を出て五十歩月に近づけり 248

宮島の赤団扇なり風強し 249

靴の黴ぬぐひ遠くへ遊びたし 250

香水に縁なき暮し一生涯 251

鶏頭の襞にこもれりわが時間 252

吾亦紅ぽつんぽつんと気ままなる 253

泥の好きなつばめ

――細見綾子の俳句鑑賞

装丁写真

カバー……綾子生家の母屋東側の屋根
表紙……綾子生家の土蔵北側
扉……綾子の生地、丹波市青垣町の合歓の花

泥の好きなつばめ　細見綾子の人と作品

「細見綾子の人と作品」という題でお話をさせていただきます。細見綾子は私の先生です。私は細見綾子の弟子でして、先生について、先生の故郷の丹波で皆様にお話をさせて頂く機会を得ることができ、心から感謝致し、嬉しく思っております。

私は昨日丹波へ参りまして、綾子先生の生家や高座(たかくら)神社を廻りましたが、今まで丹波へは何度も来ていまして、なかでも印象深い丹波行が二度あるのです。まずそのことからお話させて頂きます。

一度目は昭和五十七年の九月六日、この日はのちに綾子先生の命日になった日ですが、綾子先生七十五歳、私は「風」の同人になって二年目でした。「風」というのは綾子先生の夫である沢木欣一先生が主宰する俳句の結社です。その「風」に「細見綾子百句」という鑑賞を連載することになりまして、欣一先生が「それならば今度綾子が帰郷するから一緒に行きなさい」とおっしゃって下さり、丹波行が実現したのです。

名古屋から新幹線で大阪まで行き、大阪から福知山線に乗りました。私は当時まだ三十四歳で、車中、大先生の綾子に真向かって座っておりまして、もう緊張のしっ放しでした。早く柏原（かいばら）に着かないかなと思ってもなかなか着かないのです。山の中を縫って縫って、ようやく柏原に着きまして、柏原からタクシーで先生の実家のある東芦田（現、丹波市青垣町東芦田）という所に行きました。

ご実家に着いて、綾子先生がまず何をされたかというと、お庭に大きな紅萩の株があったのですが、その紅萩につつつーっと近寄って行かれて、頬ずりを始められたのです。紅萩に頬を擦ったり、手で撫でたりされ、お顔を見ると何かうっとりとされているのです。それが私にはちょっと衝撃で驚きでした。植物に対してそんな表情をするものなのかなと思うような表情だったのです。

お墓参りをすることになっていましたので、すぐにご両親のお墓へ行きました。お墓の掃除もして帰って来たら、何かお届け物らしい品が色々とありました。その中の一つ、大きなビニール袋に水を三分の一ほど張ったところに、生きた鮎がうようよ。佐治川で釣ってきたばかりの鮎です。それを夕飯に、妹さんの細見千鶴子さんが七輪を出して、炭を熾して焼いて下さったのです。その煙がもうもうと家中に充満しましてね。もう食べられないというくらいまでいただきました。今の今まで生きていた鮎ですから、とても美味しかったのを覚えております。

それから夜になりまして、お風呂の時間、お風呂は外にありましたので、突っ掛けを履いていくのです。五右衛門風呂でした。釜の上に蓋の板が浮いていてそれに乗って、体重でぐーっと沈めて入るのです。細見家の周りには栗の木と柿の木がいっぱいありまして、その栗の毬で風呂を沸かしたのです。その五右衛門風呂に入ったのですが、九月の初めなのに夜は寒かったのです。それで湯冷めしてしまいまして、「もう一回入っていらっしゃい」と先生が言って下さり、二回入って休んだという記憶があります。

次の日は綾子先生が昔馴染んだ花野へ行きました。タクシーを呼んで出かけたのです。綾子先生を先頭に、同行の「風」の同人、日守むめさんが次に、最後に私という順で歩いていくと、先生がぶつぶつとしゃべっておられる。何をしゃべっておられるのかと、耳を澄ましてみると、「おお、おお、美しい色をして」などと、植物に語りかけて歩いていらっしゃる。友達みたいな感じにね。そういう思い出があります。

二度目は、昭和六十年十一月でした。高座神社に先生の句碑ができまして、除幕式に参加した時のことです。高座神社のでで虫句碑の建立は「風」創刊四十周年記念事業でした。この句碑の俳句については、後で触れさせて頂きますね。

この会には「風」の同人、会員三百五十名がバスで丹波に乗り込みました。そして青垣町長をはじめ地元の方達百五十名が応援に駆けつけて、句碑を五百人の人々が取り囲んだわけです。あまりの人出に兵庫県警のパトカーが出動したほどです。その日は小雨が降っていまして、カラフルな傘があふれていました。除幕式の神事が終わった後、綾子先生が作詞なさった校歌を芦田小学校六年生の三十四人が歌ってくれました。

　土の恵みの香の中に
　健やかにこそ生いたちて
　学びの道の第一歩
　ああわが芦田小学校

あれからもう三十年、この歌を歌ってくれた方達は今頃は四十代半ばでしょうか。その校歌を私は耳をそばだてて聴いておりました。出だしの「土の恵みの香の中に」という歌詞を聴いて、校歌らしくない校歌だと思いました。だいたい校歌っていうと、何か山を称え、川を称えて、学舎で成長してゆく、そういう出だしで始まることが多いですね。ですから、「土の恵みの香の中に」というのは、非常に新鮮な印象を受けました。

綾子先生が最後に謝辞を述べられました。それは、

　私は今まで丹波の原型を背負って生きてきた。武蔵野の燕を見ても、これは丹波の燕とはちょっと違うとか、いつも丹波を中心に考えてきた。丹波は私の原風景、でで虫の句碑は私の原型である。私は生涯丹波人として生き、丹波人として死んでゆくでしょう。

というものでした。その言葉がすごく印象的で、今も私の中に強く残っています。以上この二つが私の印象に残った丹波行です。今日こうやって皆さんにお話をさせていただくのが三つ目になるだろうと思っております。

それでは本題に入っていきます。

まず皆さんご存知と思いますが、綾子の経歴をお話したいと思います。

細見綾子は、明治四十年三月三十一日に、兵庫県氷上（ひかみ）郡芦田村東芦田に生まれました。父の喜市は奈良師範を卒業して農業を営んでいました。営むというのは、自ら耕すのではなく、まあ耕していらしたかもしれませんが、人に土地を貸し、耕してもらって小作料を取るということです。けれどその父親は綾子が十三歳の時に亡くなります。

綾子はというと、小学校から柏原高等女学校へ進んで、成績優秀、作文が得意でした。柏原高等女学校から、東京の日本女子大学へ進学します。丹波の奥地から日本女子大へ行くのは当時はなかなか大変なことだったと思います。それを母親のとりが周りを説得し、叔父に相談してうまく取り持ってくれ、本人の望みを叶えたのです。

日本女子大を卒業しましたら、許嫁（いいなづけ）であった太田庄一という東大医学部の助手と結婚します。綾子自身は日本女子大の図書館に勤務しました。ところが太田庄一が結婚後二年で結核を病んで亡くなってしまうのです。綾子は泣く泣く、仕方なく丹波へ引き揚げたのですが、三か月後に、今度は母親が心臓病で亡くなります。夫と母、愛する肉親二人を相次いで亡くして、大変ショックだったと思います。そのうえ、四か月後には綾子自身が肋膜炎になってしまいます。太田庄一の病いが移ったのですね。二十二歳から約十年間、青春時代の一番いい時期を、闘病生活をするということになってしまったのです。
しかし、往診でカルシウムの注射を打ちに来る田村菁斎というお医者さんが俳句を勧めてくれました。その人が松瀬青々の「倦鳥」で俳句をやっていらしたのです。それで勧められて、俳句の道を歩むようになります。それがきっかけです。で、「倦鳥」に最初に入選した句が、

野の花にまじるさびしさ吾亦紅　　昭4・22歳

最初に入選した句としてもなかなかの出来ですね。以上が綾子の若き日の経歴です。

ででで虫が桑で吹かる、秋の風　　昭7・25歳

これは句碑になって高座神社の境内にある句です。二十五歳、俳句を始めて三年目の句ですが、うまいですね。これを三好達治が絶賛したという言い伝えがあります。丹波は養蚕が盛んで、綾子の家から山の麓までずうっと桑畑で、冬は紫色に霞んだそうです。最も丹波らしいということでこれが句碑に選ばれました。でもこの句は何か侘びしくありませんか。ででで虫、かたつむりというのは夏は盛んに出て生き生きしていますが、秋ともなると、からからに干乾びて、桑の木にしがみついている。そのしがみついている侘びしいでで虫を詠っているこの句は、綾子が病気と闘っている真っ只中の句です。このでで虫は綾子自身を示し、その頃の綾子を投影しているように思います。

チューリップ喜びだけを持つてゐる　　昭13・31歳

これも人口に膾炙した俳句です。赤いチューリップ、いかにも幸福そうで美しくて可愛らし

くて、何の不安も悩みもないようなチューリップ。喜びだけしか持っていない、喜びだけを持っている。とても明るい句です。ある人が綾子に、「先生の句は明るくていいですね。どの句も明るい句ですね」と言った時に綾子は、「私はそんなに底抜けに明るいわけじゃありませんよ。明るいということは、暗い面を持っているということじゃないですか」というように言われたそうです。この明るそうなチューリップも三十歳の時の句ですから、病気は治りかけている頃でしょうか。

もう一つこれとよく似た句。

菜の花がしあはせさうに黄色して　昭10・28歳

菜の花が黄色してしあわせそうというのは、いかにも明るそうに見えますけれども、これも自分にはそうでない面がありますよということが解りますよね。だから暗いものが翳っていたのではないかなというふうに私は思うのです。

ふだん着でふだんの心桃の花　昭13・31歳

これも皆さんよくご存知の句だと思います。私はこの句が大好きです。「ふだん」のリフレインが軽快ですね。この頃から病気も影を潜めてきて、大阪の池田市（当時は豊能郡池田町）に転地療養をしていたのですが、池田の石橋という所に桃畑が一面にあってそれを詠んだ句です。心が躍っているでしょう。

ふだん着と言えば、たぶんこの頃は木綿縞じゃないでしょうか。

先生の生家には、入口を入るとすぐ左側に機織り部屋という部屋があって、それは南面の日光が降り注ぐ暖かい部屋で、そこでお母様が機を織っていらっしゃったのです。だから木綿縞を普段着として愛用していらしたと思います。

ところで、ふだん着の反対というのは何でしょうか。よそ行きの着物を思うのが普通ですね。ふだんの心の反対は、よそ行きの心でしょう。しかし綾子の場合ふだん着の反対は「病衣」、病人の寝巻とも考えられるのではないかと思います。いつも病気で闘病して寝込んで過ごしていたその寝巻を脱いで、皆と同じようなふだんの着物を着ることができた、その喜びですね。病気がほぼ治ったという気持が、この句に成ったとも考えられると思います。綾子は池田にいた時を回想して、「あの頃は楽しかった」と言っています。

かつて「風」の同人で電通の社長だった木暮剛平という方が、この俳句を社長室に掲げていらっしゃったのです。社長室の椅子に座って、いつもそれを見ていると聞きました。こういう大会社の社長業をなさっている方は、大変な激務というか緊張を伴うでしょうから、こうした句に心のありようを求めていらっしゃるのでしょうね。綾子の句は自然体の俳句であるとか、綾子は自然体の人であるとかというように言われることが多いのですが、こういう句がそもそもの元なのでしょう。

常々私が心に思っている綾子先生の句があります。こういう句は綾子先生しかできないと思う句なんですが、それは、

虹飛んで来たるかといふ合歓の花　昭43・61歳

という句です。第五句集『伎藝天』の最初に載っています。虹が飛ぶなんていう発想は誰にもできないことで、これを読んだ時大変すばらしく思いました。合歓の花が虹みたいだとは誰しも思いますが、空の虹がとんできて合歓の花についたと考えるのは、純真な心を持った先生ならではであり、どなたも真似ができないでしょうね。「来たるか」の「か」という呼びかけのような軽い疑問の言葉が親しく、全体に美しくやさしい句です。

それからもう一句は、

冬になり冬になりきつてしまはずに　昭10・28歳

です。これは松瀬青々が褒めた句なんです。「冬になった」とか「冬になる」とは言いますが、「冬になりきる」とは私達はあまり言わないのではないでしょうか。「冬になりきる」に先生の発見があると思います。冬になってもまだあたたかい日がありますね。そういう時の事を詠んだ句です。

ところで先生のこういった新しい俳句はどのようにしてできるのかなという事なんですが、先生は「俳句を作る時素直になる練習からはじめた」とおっしゃっています。綾子先生といえどもやはり、素直になる努力をなさったという事です。それから、「どんな境にも自由に入ってゆける柔軟さが大事」とも言っておられます。私達は、こんな事は俳句にならないとか、こんな事は言ってはいけないとか、うまく作りたいと思ってちょっと換えてみたりするんですね。

また、時には嘘（フィクション）で作ったりしないでしょうか。私は時にやることがありますが、嘘を言って自分で満足したうまい句になっても、後で何か嫌な感じですね。嫌気がさして残る句にはなりません。嘘を言うということはよく見せたいという虚栄や虚飾が心の中にあって、そういうものがかえって初めの感動をダメにし、句を死なせてしまいます。綾子先生は「フィクションはやらない」とおっしゃっています。「私は作句に当たって嘘はつかない事にしている。嘘はどうも自信が持てない。正直に本当の事を言う事を第一に心がけている」とおっしゃってるんです。ありのままの正直な気持を俳句にしていらっしゃる。ですから先生の俳句は全部正直な本当の気持だという事です。それを根底に置いて俳句をみていきました。

つばめ〳〵泥が好きなる燕かな　昭13・31歳

今日の「泥の好きなつばめ」というタイトルはこの句からつけました。まずこの句を見ると、燕という言葉が一句の中に三つ入っていることに気付かされます。こういう句はなかなかありません。リフレインと言っても、たいてい二つまで。三つもあるということは、型にとらわれずに如何に自由に作っているかということです。これがやっぱりいいですね。これは松瀬青々の影響です。青々は正直にということを説きました。「青々は嘘を嫌って嫌って、嘘の俳句を作ったら、すぐ見破ると。正直だったら、ちょっと馬鹿みたいな句でも採る」と、綾子が言っていました。この句は何か童謡みたいですね。メルヘン的というか、非常に素直で純真、そしてリズミカル。

綾子は歌が大好きでした。お見舞いに行くと病室でも唄を歌うのです。「風」の大会では、最後に綾子中心に女性俳人が舞台に溢れんばかりに駆け上って、「早春賦」とか「花」とか、綾子先生の好きな唱歌を歌うのです。私も壇上に上がって何度も一緒に歌いました。

それからこの俳句にはこういう逸話があります。西東三鬼が、更正のためにと少年院に俳句を教えに行ったのです。ところがいくら工夫しても少年達が俳句に乗ってこない。困り果てた挙句に、この俳句を唱えたら、わあーっと盛り上がって、それからみんながついて来るようになったというのです。

事 あ れ ば 鶏 頭 の 日 の 新 し さ　　昭22・40歳

という句があります。『冬薔薇』に載っています。昭和二十二年作ですから先生は丹波にいらっしゃいました。この鶏頭は、丹波の土蔵の前の鶏頭です。句意は、何か事があるごとに鶏頭にさす日が新しく思われ、鶏頭の新鮮な紅が私を新しくしてくれるというものです。日がさして生き生きとした鶏頭の紅によって先生自身が新しくされ、奮いたたされているんです。綾子は鶏頭に自分を励ましてくれるものを見ていたのでしょう。鶏頭は非常に強い花です。霜が来ても枯れない。すっくと一本立ちしている、そういう花です。

先生にはこの年の前年に代表作中の代表作ともいうべき、

鶏 頭 を 三 尺 離 れ も の 思 ふ　　昭21・39歳

があります。綾子生家にはお蔵が二つあります。そのお蔵の前に鶏頭が並んで咲いていたのです。それを見て作った俳句です。

綾子は花が大好きです。一番好きなのは牡丹。牡丹の俳句は『綾子歳時記』には百七句収録されています。鶏頭も好きですが、牡丹ほどは多くありません。でも鶏頭は綾子にとって重要な意味を持っている花だと思っています。

この句については先生は色々な本にその背景を書いていらっしゃいますし、いろいろな方が鑑賞なさっています。この句程とり挙げられた句はありませんし、綾子自身もこの句は好きだと言っています。この句について先生のお書きになった文章を読んでみます。


鶏頭が数本、生家の土蔵の前につっ立っていた。ここは鶏頭が毎年出る場所で、五月頃芽生え、夏を過ぎ秋に入り、その時は終りの数本になっていた。私はこの鶏頭をずっと知っていた筈なのに、晩秋の晴れきわまったある日、はじめてこの鶏頭を見たような気がした。鶏頭もこれで終りの、大きな真紅の鶏冠のあざやかさ、その前に漠然と立っていたのだが。私と鶏頭との間が三尺だという思いがひらめき、そう思うことで何もかもが分明になるような気がした。何を考えていたのか、と問われることがあるが、特定なものはない。ものを思うことによって存在している自己を意識したとも言える。戦後一年目の荒廃の時であったことを、やはり書き添えねばならない。（『俳句の表情』）

三尺という距離によって何もかもが分明になった、と言ってらっしゃいます。三という数字は何かにつけて私達に馴染み深い数字です。ことわざにも「石の上にも三年」とか「三人寄れば文珠の知恵」とか「三日坊主」とか使われ、三という数字は意味のある数字です。

「竹取物語」に出て来ますかぐや姫は生まれた時は三寸でした。そして三ヵ月で大人になりました。命名の儀式のあとの酒宴を三日間もやり、貴公子が難題に答を出すのに三年かかっています。そして帝（みかど）との文のやりとりも三年間続きました。日本最古の竹取物語に三という数字が沢山出て来ます。三という数字は何か意味のある数字、不思議な力を持った数字で、そういうことを考えても三尺という距離は抜き差しならない距離だと思います。「何もかもが分明になる」不思議な距離といってもいいでしょう。三尺の距離を置いて先生が燃えるような鶏頭に向かってたたずんでいらっしゃる。

「もの思ふ」とは、何も特定のことを思っていたわけではなく、デカルトの「我思う、故に我あり」というように、「もの思うことによって存在している自己」、それを意識して、漠然と思っていらっしゃるんですね。「もの思ふことは生きているならわし」と先生はおっしゃっています。もの思うことによってご自分の生命を確認していらっしゃる。鶏頭の鮮やかな燃えるような紅と先生の生命とが互いにひびき合って生を確認しているというような意味です。

ところで、先生はこの句の背景をおっしゃる時、必ず次の事を強調して書いておられます。
・戦後一年目の荒廃の時であったことを、やはり書き添えねばならない。
・この句を作ったのは昭和二十一年、終戦の翌年というのは戦争の惨禍の最もまざまざとした時、社会個人ともに混乱拾収のめどは何もなかった時である。この句はそういう背景のものだ、少くとも自分にとって。

・戦後の虚無感の中の晩秋の一句。

というように戦後の混乱の最も激しい時期のものという事をいつも強調していらっしゃるんです。そういう時代の中で先生は鶏頭に向かって生を燃えたたせていらっしゃる。この事を〈事あれば鶏頭の日の新しさ〉の句とともに心に留めてほしいと思います。

少し鶏頭の句を続けます。鶏頭の句は全部で二十三句あるのですが、次に御紹介します句は、

見得るだけの鶏頭の紅うべなへり　　昭22・40歳

第二句集の『冬薔薇』に載っています。「沢木欣一と結婚」という前書があります。「見得るだけの」は「見える限りの全ての」という意味です。「うべなへり」は「承諾する」「肯定する」ですね。直訳しますと「自分の目に見えるだけの鶏頭の紅を肯定した」という事になります。これについて神崎忠氏の鑑賞がありますのでちょっと読ませて戴きます。

鶏頭の紅をうべなふこと、それは夫たるべき沢木欣一をうべなひ、沢木欣一を夫と定めた自己をうべなひ、さうするに至つた二人の人生の全てをうべなふことであり、それだけの深さと拡がりと重量とを担はせられてうべなへりの語は存在してゐる。

というふうに書かれています。見得るだけの全ての鶏頭の紅をうべなう、全てをうべなう事は大変な強さだと思います。先生も結婚なさる時にいろいろお考えになっただろうと思います。周りの人の意見や、自分の考えや、不安や喜びや、いっぱいあった中で、それらを全てうべな

い、そしてうべなっている自分をこれでよかったんだとうべなっていらっしゃる、そういう句だと思います。

ここでも結婚という人生の一大転機に当たって鶏頭に存問していらっしゃる。綾子は相当覚悟したと思います。欣一先生は一回り年齢が下で、この時はまだ二十八歳でした。綾子がお姉さん。その上綾子は再婚で、欣一は初婚ですから。そして行ったこともない金沢へ行くのですから。色んな不安があるわけです。両親は既に亡く、誰にも相談することができない。そしたら、やっぱり、鶏頭に相談するよりないじゃないかと。自分の意志や生き方を鶏頭に向かって確認し、納得していらっしゃる。鶏頭が先生の心の中にあるんですね。

それから次に、

鶏頭の頭に雀乗る吾が曼陀羅　　昭39・57歳

という句を読んでみましょう。『和語』に載っています。曼陀羅というのは曼陀羅図の曼陀羅ですね。至福の境地、極楽の境地をあらわしたものです。鶏頭の鶏冠(とさか)に雀が来て種をついばんでいる、これを見て先生は私の曼陀羅だとおっしゃってるんです。

至福の、極楽の境をいうのに先生はやはり鶏頭を持って来ていらっしゃるんです。これは先生の武蔵野のお庭の鶏頭で、丹波の鶏頭ではないんですけれども、先生の心の中には丹波の土蔵の前の鶏頭がいつも棲んでいたと思うんです。先に紹介しましたでで虫の句碑の除幕式の時の先生の言葉「私は生涯丹波の原型を背負って生きてきた。燕を見ても丹波の燕とどこか違う。

空を見ても丹波の空の色とちょっと違うというように」を思い出します。ですから、目の前の鶏頭に丹波の鶏頭を重ねていらっしゃる、常に丹波へ回帰なさろうとする、そういう所があるんですね。ご自分が今本当に満たされた時、先生の心の中に故郷丹波の風景が蘇り、安らぎとなって眼前の鶏頭に重なったように思うんです。

それからもう一つ、これは金沢市尾山神社で行なわれた鶏頭句碑除幕式の時の句です。

鶏頭の句碑現し身の吾を見る　昭46・64歳

『伎藝天』に載っています。「現し身の吾」は今生きている自分という意味です。現し身というなまなまとした言葉はその背後にそれとは反対の観念があっての事で、永遠とか堅いとかいうようなものを言外に匂わせています。鶏頭の句碑がそれに当たると思います。半永遠の生命を持った強固な句碑が今この世に生きている自分を見ているのです。先生が存問されている句です。存問されている御自分をちょっと醒めた目で見ていらっしゃいます。

ではなぜ先生はこんなに鶏頭なのかという事ですね。初めに申しました《事あれば鶏頭の日の新しさ》という句に示されるように、なぜ事あるごとに鶏頭に存問されるのかという事です。

そこで先生には鶏頭のこんな句もあるんです。「母を失ひし人に」の前書で、

そののちの日も鶏頭の赤からん　昭6・24歳

『桃は八重』に載っています。母を亡くして悲しんでいる人を燃えるような鶏頭の生命感によって励ましています。あるいは《鶏頭は次第におのがじし立てり》昭和四十六年の作で、

『伎藝天』に載っています。芽生えの頃のいとけない鶏頭が成長するにつれて次第に自分自身の力で独立して立つようになったという意味です。又、《鶏頭の一本立ちも放光寺》（昭48）のような句もあります。つまり先生は、鶏頭の自分自身ですっくと立つ強さとか、燃えるような生命感を持った鮮やかな紅とかに魅かれる所があったのではないかと思うのです。

子規の句に《鶏頭の十四五本もありぬべし》があります。この句について山本健吉先生はこういうふうにおっしゃっています。

この句から受取るものは、反対に健康さそのものであり、死病の床にあつてなほ生きよう凝視めよう描かうと願ふたくましい意志だ。無骨に強健を誇る鶏頭に子規の生命は圧倒されてもおびやかされてもゐないし、まして狂つても混乱してもゐないのである。むしろそのたくましさに子規の生命は憑り移つてゐる。

病床の子規が鶏頭に憑り移って生きようとしている、そういう句だ、とおっしゃっているんですね。子規がその強い鶏頭に憑り移って生きようとしたように、綾子先生も鶏頭に全幅の信頼を置いて、事あるごとに鶏頭に存問して生きていらっしゃった、そういうふうに思うんです。

鶏頭の太しくなりし吾が月日　昭19・37歳

私の月日と共に鶏頭も太くなったと言っています。鶏頭と私が共に生きているよということでしょう。鶏頭を存問する対象として眺めていたということだと思います。

鶏頭も過ぎし月日をもつてゐる　昭21・39歳

自分ももっているけれども、鶏頭ももっているよと。自分と同じようにということですね。

鶏頭の襞にこもれりわが時間　平7・88歳

最晩年の句です。鶏頭の花に襞があるでしょう、鶏冠に。あの襞に私の過ぎし日の時間がこもっている。自分と鶏頭は一心同体だというような、そういう句ですね。つまり自分というものを鶏頭に見ているわけです。自分と一体で共に生きてきたのだと。だから鶏頭に存問し、鶏頭に励まされる。鶏頭は綾子にとってそういう花なのです。

冬来れば母の手織の紺深し　昭21・39歳

そろそろ鶏頭から離れましょうか。これはお母様が織られた木綿縞の深い紺色を言っています。冬が来て着ようと出してきたのでしょう。句が自然ですね。何か年輪を感じさせるけれども、この木綿縞の紺って、年を経ると、実際に色が変わるそうですね。気持の上でそう思っているのと、実際にもそうだということです。

綾子の母は京都の出です。京都府天田郡という所から嫁いでいらしたのですが、「情にもろく、うぶで、素直で、人を信じやすく、傷つき易い人」「私も若いときはそういう性質であった」「性格が強くなったのは後天的なもので、なんども傷ついて、それを乗り越えてきたから」と綾子が言っています。優しい母、綾子の要望をいつも聞いてくれて、骨を折る良き理解者。そういう母親が丹波にいたということが、丹波のよさが忘れられない大本ではなかったでしょうか。綾子は「私は小学校時代は、ぼーっとした子でした」と言っています。私はそんなに身近にいたわけではないですが、綾子先生を見てきて感じたことは、知的でもの静かな方だということです。芯が強く、自分の考えをしっかり持ってはおられるのですが、人に押し付けはされません。弟子に対しては分け隔てなく、誰とでも気安くお話されます。

そこで、綾子の女性観へ話を移したいと思います。

女身仏に春剝落のつづきをり　昭45・63歳

芸術選奨文部大臣賞を受賞した句集『伎藝天』中の白眉の一句です。綾子俳句の頂点に位置すべき作品で、この句集の題名にもなっています。しばらくこの句にこだわってみたいと思います。

この句、『伎藝天』のあとがきには《伎藝天に春剝落のつづきをり》と載っており、「伎藝天」か「女身仏」かが取り沙汰されたことがありました。

それを受けての発言と思われるのですが、綾子は後に『奈良百句』の中で、

あえて女身仏といったのはこの伎藝天の永遠の、美しさへの私の讃歌である。

と述べているのです。作句の意図を明確にした言葉として興味深い一行です。

綾子の言う女身仏の「美しさ」とはどんな美しさなのでしょうか。それは言うまでもなく、剝落の美しさです。剝落の美しさとは、そこにある歳月の澄んだ美しさ、一途に剝落しつづける意志の美しさ、そういった内面的な美しさです。言いかえれば、生の燃焼の美しさといってもいいでしょう。女身仏というこの生命体の一途な燃焼は、美しくもはげしさを伴っているの

ですね。静かに澄んでいますが、とどまるところを知らないはげしさがあるのです。
この美しさを「女身仏」によって実現し得た、或いは、「女身仏」にこの美を与えた綾子の「女身」への思い入れようをみるような気がするのです。
綾子には「女」の語を使用した句が約五十句程ありますが、その約半分が労働に携わる女を詠んだものです。この点に、先ず、綾子の「女」に対する捉え方の特色があります。

冬空に堪へて女も鱈を裂く　昭30・48歳
泥田の稲かつぎ出すや女の腰　昭30・48歳
みちのく女背なの筍揺り上げて　昭49・67歳
女出て山田の稲を刈りゐたり　昭49・67歳

これらは、男に伍して働く女の姿ですね。逞しい腕と逞しい腰と強い力を持ち、外見上はいわゆる男っぽい女かも知れません。厳しさに堪えて働く女を称えています。

うら若くあからひく手を紙漉女　昭31・49歳
稲刈りの日焼けくぼみ目しかも女　昭40・58歳

これらは、過酷な労働に身を削って働く女です。哀憐の情が通っています。

船焚火炊ぐ女がぬれ手寄す　昭30・48歳
初秋風女は綿ごみだらけにて　昭31・49歳

「ぬれ手寄す」「綿ごみだらけ」の写生におかしみがあります。おかしみにこもる哀れの情ですね。

立秋よ女の声の駅弁売り　昭46・64歳

麦秋やかすもの女車掌なる　昭55・73歳

男性の職場に進出して働く女を、ほほえましくとらえています。

山葵田の小石の垢を洗ふ女　昭47・65歳

取るに足りないものを洗う隠れた存在の女にスポットを当てていて、綾子の人間性の感じられる句です。

トロ押しに女もまじる山す、き　昭24・42歳

弱さを引き摺りながら男にまじって働く女の切なさがせまってきます。

紙漉女稼ぎを問はれ恥ぢらひぬ　昭31・49歳

紙漉女の初々しさ、愛らしさが感じられますね。

手の乾く間なき女に山茶花咲く　昭15・33歳

糸引きの女の視界赤とんぼ　昭30・48歳

紙漉女に春告ぐ瀬音佐梨川　昭46・64歳

労働に疲れた心を癒やすやさしい抒情と潤いがあります。女への労（ねぎら）いですね。

能登麦秋女が運ぶ水美し　昭28・46歳

この句の「女」はかなり強調されて使われています。水という無上に美しいもの、生命の根

源をなすこの水を担って運ぶのは女であり、決して男ではないのです。能登の麦秋を背景に、明るく健康に働く女。この句には、原初的な明るさ、大らかさがあり、平塚雷鳥の、「原始女性は太陽であった」の言葉が思い出されます。労働する女へのこれ程の賛歌はないのではないでしょうか。

干し物し秋雲うすく吾レ女　昭15・33歳
鍋洗ふ女の一生(ひとよ)すだれ照る　昭27・45歳
山に雪女に帰路といふものあり　昭29・47歳

ここには運命的な女が出ています。女という運命を肯定し、運命に対して、明るく、健気です。女であることの誇りも感じられますね。

女等にあふれ流るゝ雪解水　昭22・40歳
女等に菖蒲むらさき尽したる　昭40・58歳
女等に卯の花腐し濡れ通る　昭45・63歳
涅槃会の雪や女の集りに　昭53・71歳

これらの「女」は働く女ではありませんが、「雪解水」「菖蒲」「卯の花腐し」「涅槃会の雪」といった美しいものが、「あふれ流るる」「むらさき尽したる」「濡れ通る」そして、切れ字の「や」と、その極みを尽くして表現されています。「女等」への慈愛の句と受け取れるでしょう。

あやめ見にゆくと女等裾つらね　昭29・47歳

芦枯れし潟見下すは女同志　昭29・47歳

くくり女と同じ冬日にうづくまる　昭55・73歳

一句目の裾つらねる楽しさ、つらねることで繫がり合う連帯感。二句目の運命的繫がりへの期待と信頼。そして三句目のくくり女との同一化意識、くくり女の言葉にならないかなしみのようなものに心を通わせているようです。確実で強い愛が感じられます。

胸うすき日本の女菖蒲見に　昭38・56歳

明治か大正の女の趣き、身をきちんと保ち、伝統の中に生きる風雅な女です。

以上、綾子俳句のさまざまな女たちをみてきましたが、そこに登場する「女」は、男性に伍して逞しく働く女であり、大らかで、明るく健康に働く女であり、身を削ってひたすらに働く女です。又、運命の中で健気に生きる女であり、女であることに誇りを持つ女です。かなしみを負う女もいれば、風雅な女もいます。

これらの女たちは、業とか性（さが）といったものを感じさせません。清々しくさわやかであり、泥臭く素朴です。そして、こういう女たちに綾子は限りない愛情を注ぎ、連帯し、信頼を寄せているのです。

このことは、対象を「女」に限ったことではなく、綾子のものに対する基本的な姿勢だと言えるかも知れません。例えば中村草田男が、『冬薔薇』の序で、

細見さんは、あらゆる能力の発揮を効果だけを目指してでなく、意識化された方法とし

てだけでなく、自発的に能動的に愛 ― 生命力の発現 ― そのものの中に於てあらゆるもの、上に及ぼすの人柄である。

と述べるように、あらゆるものの上に向けられるものなのかも知れません。しかし、次に引用する二つの文章は、少し違った見方を提起させるのではないでしょうか。

最初のものは、「女性と俳句」と題する綾子の話を文章化したもので、二つ目は草田男の文章です。

私が女であるが故に、「女性と俳句」というような題をよくいただきます。然し私はこのような題は嫌いであります。私は、何か女としての、特別なやりくりを問われているのですか、と、反問したい気持になるのです。何だか「子供週間」と言ったような気がしまして、いやです。女性としての特別な作句の立場、というようなものは、何も無いと思います。事実、私は作句する際、女性としての意識で作句した事はありません。「人生を経験して、女性も成長してゆく、そこから作句しようと努力をする。」こゝに本当の女性の俳句の立場があると思います。十把一からげな云い方はきらいです。「女性俳句という言葉には、金魚鉢の金魚が、いくら泳ぎ廻っても、所詮、限られたところしか泳げない ― 即ち、金魚鉢の俳句、とでも言われるような感じです。

（「風」昭28・8）

神田秀夫氏だつたかと思ふが、ある誌上で俳壇の所謂才媛作家が男性の模倣をこととして、薄つぺらな理智を弄し、血肉を喪失して居る実状を難じた揚句に言葉余つて、「女性は男性に劣るまいなどと望む必要はない。女性は只管女性らしくありさへすればい丶」と言ひ切つた時に、先づ最先に抗議して立つたのが細見さんであつた。（『冬薔薇』序）

これらの抗議は広く人間愛に基くものであり、俳人としての誇りに発するものです。そして更に、真の女性として生きようとする時湧き上がってくるものではないでしょうか。

差別という不条理との闘いは、おのずから、それを負わされた女への強い愛をもたらし、逆にそれを課した男たちへの抗議となってはげしく燃えたのです。

綾子の女への愛情は、格別なものであったといわなければなりません。

「風」三十四号のアンケート「好きな作家は？」の問いに、綾子は、樋口一葉と宮本百合子を挙げています。二人とも女性の作家ですね。

樋口一葉は日本の社会の封建制と貧困の中に生きる不幸な女性への愛情を描き、宮本百合子は、人道主義的な立場から出発し、プロレタリア文学運動や民主主義文学作家として活躍した女性です。こういう二人の世界と、綾子の主張や綾子俳句の女たちに、似かよった点があるのは、当然のことでしょう。

宮本百合子は、日本女子大で綾子の先輩、中途退学をして作家生活に入った人ですが、綾子の尊敬するロシア文学者、湯浅芳子と一時期同居生活をしています。そして、昭和二年には共に革命後のソビエトを見に出かけてもいます。綾子は、女子大の寮監の紹介で湯浅芳子と知己を得、親交を結ぶことになります。湯浅さんのところに十数日居たこともあると『私の歳時記』

に書いておられます。
その湯浅芳子のことを、後に綾子は次のように評しています。

　このはげしい人、革命後のロシアを宮本百合子と共に見に行った人、饑渇の美しさを私にいつでも感じさせてくれた人、最も人間らしく、それが美しいことだと思わせてくれるような人。

（『私の歳時記』）

この文章の「饑渇の美しさ」に、私には「女身仏」の句が想い起こされるのです。
そして、昭和三十八年、橋本多佳子の死に際して書かれた、綾子の次の文章に私は注目します。

　作品がこんなに純粋になるために、作者は死なねばならなかったということ、無惨なる死のいけにえのあとに、作品が続くということの美しさのために私は涙をこぼした。
　橋本さんは作品のどれにも命を与えたかったのであろう。自分の命を分けて与えるのではなく、一つ一つに自分の全部を与えたかったのであろう。そんなはげしさだ。ついにはその作品群の中に、がばと打ち伏して、亡くなったような気がする。そういう橋本さんを、私はほんとうに女性だと思った。橋本さんが好んで使った言葉、まこと「女人」であったと思うのである。

（『花の色』）

かつて綾子の口から出た言葉「いかに美しく消耗するか」（『私の歳時記』）や、湯浅芳子の「饑渇の美しさ」を包含した、綾子の女性観、人生観が、この多佳子評にありありとうつし出されているのではないでしょうか。そして、この多佳子評が、女身仏の句にぴったりと重なります。

女身仏の句を発端に、綾子の女性観をさまざまな側面からみてきましたが、こうしてみると、この句はもはや「女身仏」以外には考えられなくなります。

綾子は、「伎藝天」ではなく「女身仏」とすることによって、自己の生き方を明示したのです。

この女身仏は、綾子の作品のさまざまな女が織り成す美しさを吸収、純化し、究極の女性美、永遠の女性美として結晶化したものだと思うのです。

そして綾子は、永遠の美しさの「伎藝天」を、「女身仏」と置き替えることによって、日本の封建的土壌の中で差別の対象であった女性を、最高に高めてみせてくれました。女への思いの程を知らしめるものであろう、とすら思われます。

先生は、いかに生くべきか、という問いを常に自らに発して生きぬかれました。その支えになったのが、綾子俳句の女たちであり、女身仏だったのです。そういう女たちによって、女である自らを支え、奮い立たせて生きてこられたのです。

女身仏の、どこまでも剝落しつづけてやまない、はげしくすさまじいまでの美しさに、私は深い感動を覚えます。剝落するたびに新しく、剝落するたびに美しい、この女身仏の豊かさを思うのです。

少し重い話になりましたので、最後に、もう一度丹波と先生のことに触れさせて頂きますね。

綾子の家は戦争中、割合裕福な暮らしぶりだったようです。小作人の方からの蓄えが多かったのでしょうね。お父様を初め先祖代々村長で、綾子は屋敷付きの跡取りということで大事にされて、家では「じょん」と呼ばれていたようです。お嬢さんの「嬢」という意味です。

峠見ゆ十一月のむなしさに　昭21・39歳

この峠は丹波と但馬の国境の峠で、お母様はそこを越えて嫁いでいらしたそうです。綾子の生家からは西北の方にあります。この句の解釈ですが、「十一月のむなしさ」とはどういうことでしょう。「むなしさ」は何か虚無感みたいな感じですね。十月はすごく爽やかで秋真っ只中、十二月は年の最後の月です。その中に挟まれた十一月は、何かとりとめのない空白感の月、そういう意味の十一月のむなしさと考えることが出来、自分自身のむなしさをここに託しているような感じがします。

そこで、綾子の自註を読みますと、

峠はいつでも見えるのだけれども、木の葉が落ち尽くす十一月になると、辺りがからりとして一層よく見える。空々漠々たる明るさの中に見えていた峠。（『俳句の表情』）

とあります。

またこの句を登山家の深田久弥が推奨していまして、随筆に書いています。

私の知人細見綾子さんの句に《峠見ゆ十一月のむなしさに》というのがある。晩秋初冬の山の感じがとてもよく出ていて、私の好きな句だ。（『山さまざま』）

この二つの文に「十一月のむなしさ」の具体的内容が明らかです。昭和二十一年の丹波を想像しますと、今より落葉がずっと早く、空気が凛としてよく見通せたでしょう。十一月はそんな月であり、むなしさを埋めるかのようにはっきりと峠が見えたのです。

次は東京のご自宅での句です。

牡丹に真向ふごとき一日あり　　昭58・76歳

綾子は牡丹が好きで好きで、牡丹の花が咲くと、一日中牡丹を見ているのです。そんな真向かうような一日があるという意味です。そのうえ、咲くと毎日数えるのです。「牡丹日記」という日記を書いたりしてました。それは途中で挫折するのですが。二十とか二十五とか、そんなに一株から咲くものですかね。綾子は入院していても、見舞いに来た家人にその数を聞くのです。息子の太郎さんが、「まあ、二十くらいだろう」と答えると、「ぐらいだろう」っていうのが気に入らなくて、満足しないと書いています。この牡丹は丹波の実家の裏庭にあったものを根っこから引いて、東京の武蔵野へトラックで運んで植え替えたものです。ぼろぼろになって着いた牡丹が、息を吹き返して、二十も三十も花を付けるようになったと言っています。その後山茶花も丹波から移し替えました。東京のお庭に丹波の花が咲いているわけです。

鑑真と母へ牡丹を一本づつ　　昭56・74歳

綾子は鑑真を大変尊敬していました。仏典にくわしかった師の松瀬青々の晩年、綾子はお伴をして奈良をよく訪れ、青々の影響で鑑真が好きになったのです。

牡丹咲く母の忌日を中にして　　昭61・79歳

この牡丹は武蔵野の庭に植え替えた牡丹です。今日は母の忌日だなあと。それを中にして牡丹が咲いたよと詠んでいます。

故里の土塀に咲きてゐし牡丹　昭61・79歳

丹波の土塀に咲いていた牡丹を、東京にいながら思い遣って詠んでいます。牡丹とか山茶花が丹波から運ばれ、植え替えられて、東京のお庭に息を吹き返して毎年咲きます。東京武蔵野の綾子の家は昭和三十一年に新築した数寄屋風の家。それを設計したのが俳人であり建築家でもある、加倉井秋をです。家を建てる材木は、丹波の山から伐り出してトラックで東京まで運びました。大工さんも丹波から連れて来た。家の茶の間には、丹波木綿が貼ってあります。つまり綾子は丹波の木の家、茶の間の丹波木綿、庭の丹波の牡丹や山茶花というように、いつも丹波の物に囲まれて生活をしていたのです。別に大工まで丹波から来てもらわなくてもと思いますが、丹波に拘るのですね。

綾子の家は、昭和三十何年頃迄でしたでしょうか、世間がとっくにガスや電気でご飯を炊いたりお風呂を沸かしたりしていた時代に、薪で風呂を沸かし、ご飯も火鉢の炭火で炊いていました。これは敢えてそういう生活をしていたんです。なぜかということを書いたエッセイがあるので読んでみます。

現在の生活で火を燃やすのは風呂だけで、私はこれだけは残しておきたいと思っている。ガスでも電気でも風呂は沸くわけで、便利という点からはその方がはるかに優っているが、どうも味気ない。風呂を焚きながらその炎を見ながら、私の頭を掠める思いがいつもある。これといったものではないが、自分に帰れるのである。自分を取り戻すこと。風呂の火を焚き、埃も被り、生活というものをその辺りで考えている。私自身を自然に帰してそこらで考えることが、自分に一番ふさわしい。

（『私の歳時記』）

こういうことを好んでやっているのです。夫の欣一は綾子のことを、「丹波の農婦」と言っていました。土いじりが好きなんですね。初めに紹介しました綾子作詞の校歌の「土の恵みの香の中に」の土の恵みというものを先生は心に抱きつづけていたのです。丹波の風土というものをいつも頭に思い描いて、東京にいても常に丹波を思いやれるように、丹波の木材、丹波木綿、丹波の花を傍に置いたのではないでしょうか。

芦田小学校の校歌のことですが、あの校歌は九十周年目にできたそうです。九十年も校歌がないからと、頼まれて作詞した。その校歌の発表会がありまして、綾子はこういうことを言っています。「丹波の黒土をどのようにも誉め称えたかったのです」「私は東京に暮らしていて、この土のにおいが鼻を掠めます。土は父とも母とも同じものです」。

綾子先生にはお母様の存在が大変大きかったと思います。綾子の良き理解者でした。丹波から東京の日本女子大へ行くということは相当なことですよ。今では海外へも平気で行きますが、当時東京へ行き寄宿舎に住むということは、とんでもないというような時代でしたから。それでもお母様が周りを説得してちゃんと実現させてくれた。母に大変な恩を受け、綾子はお母様が大好きだったのでしょうね。その丹波の土を綾子は父とも母とも同じものだと言っているのです。

欣一先生の俳句に、

わが妻に永き青春桜餅　　沢木欣一

という句があります。「永き青春」は独身時代が長かったということもありますが、綾子先生は終生青春だったと思います。青春とは心に燃えるようなものを持って、それを燃焼させて、求めて生きることが青春です。そういう意味で綾子先生は終生青春でした。あの鶏頭のように心をいつも燃えたたせていきていらっしゃった。紅い鶏頭が心に棲んでいるような感じがするんです。私も綾子先生のように一生青春でありたいと自分では願っているんです。求めていかないとしぼんでしまいますし、早く年をとります。綾子の美に対する飽くなき追求、人が今まで見つけなかったような美を見つけるんだという開拓の意気込み。その事を大変すばらしいことだと思っています。私もいつも心の中に求めるものを持って、それを燃えたたせていきたいと思います。

細見綾子が亡くなったのは平成九年九月六日。九十歳でした。その時に、夫である欣一はこのように、送る句を作っています。

泥の好きな燕見送る白露かな　　沢木欣一

綾子の遺した《つばめ〳〵泥が好きなる燕かな》を受けていますね。綾子は丹波の農婦ですから。「白露」とは二十四節気の一つで九月七日ごろに当たりますが、綾子は六日に亡くなっているので、ちょうど白露ですね。ここら辺りまで来ると、私は涙が出そうになるのですが……。綾子が丹波の土を啄んで燕になってね、泥が好きな燕が丹波の土を啄んでいる。そういう綾子の姿が何かこう二重写しになって心に迫って来ましてね、まあ涙が出そうになるのです。ですから句碑除幕式で先生が、「私は生涯丹波人として生き、丹波人として死んで行くでしょう」と述べられた通りに、どこにいても丹波のことを忘れない。この土地のことを大事にし、風土を愛した。本当にこれほど丹波を愛し、丹波の風土を愛し、丹波を背負って生きた人はいないのではないかというように思います。ですから皆さん、そういう綾子をどうか誇りに思って下さい。

綾子二百句鑑賞

来て見ればほゝけちらして猫柳

昭和五年、二十三歳。『桃は八重』

綾子は前年の秋頃から肋膜炎を病み、丹波の家で静養していた。年が明けあたたかくなり、初めて散歩に出た時の作。

川辺近く、猫柳の所に来て見るとそれは既にほおけ散らしていたという意味で、辺りの静けさ、あたたかい太陽の日ざし、小川の水のぬくもりといった春の情景が浮かんでくる。「来て見れば」は率直で生生とした表現だが、それがかえってその時の驚きを新鮮なものにしている。枝にきっちりとしがみついている銀色の猫柳を期待して来たのだが、予想が外れ、ほおけ散らしていた。だが作者はそのことにがっかりはしていない。オレンジ色の蕊を露わにほおけ散らす猫柳は結構美しく、そのありようを満悦しているようである。

綾子の何にでも美を見出だし、何でも受け入れようとするその萌芽を見るようである。

そら豆はまことに青き味したり

昭和六年、二十四歳。『桃は八重』

丹波の新鮮なそら豆を塩茹でにして食べたのだろう。すると実に青い味がしたというのである。

「青き味」がこの句の眼目で、青い色艶、青臭さ、野趣など、全てを包含した味のことである。新鮮なそら豆の本質を実によく言い留めている。また、この句の「まことに」は、自らに確めているかのようなニュアンスがあり、そこはかとないおかしさが漂う。

ところで昭和四十八年、綾子が胆石の開腹手術を受けた折、そら豆の事に触れて、『花の色』で次のように述べている。

手術のあと何日も食欲が戻ってこないのが最も苦痛であった。長年食べた、また自分に最も親密であったはずの食べ物のどれを呼んでも来てくれないのである。

一番初めに胃の腑が受け入れてくれたものは、そら豆だった。そら豆の形と色、匂い、ちょうどそのころ、桜桃も出て、そら豆とさくらんぼを毎日倦きもせずに食べた。

そら豆が病人に一番に馴染んだのは、その青き味のゆえだったか。

蚊帳干して古びにけりと思ふなり

昭和六年、二十四歳。『桃は八重』

蚊帳は今ではほとんど使わないが、昭和三十年代か四十年の初めごろまでは筆者も使っていた。麻製の緑色や白地に涼しげな絵を画いたものがあった。蚊帳の上部に付けた鐶（かん）を部屋の四隅に引っ掛けて囲いをつくりその中に入る。使わない時は鐶を一箇所にまとめて掛けておく。

掲句はひと夏使った蚊帳を仕舞うために日に干すのであるが、夜のうす暗がりの中で見るともなく使っていた蚊帳の古び具合に感慨を深くしているのである。色は褪せ糸もくたくたとして、随分年月を経てきたものだと思っている。

「けり」の詠嘆で一句を完結させるところを、「思ふなり」をつけ感慨を更に深くしているが、蚊帳にまつわる遠い日にまで思いを馳せているようだ。

蚊帳の句は他に《鐶鳴らし鳴らしためり別れ蚊帳》（昭42）《別れ蚊帳灼けたる石にひろげ干す》（昭42）《蜆蝶来て親しめり褪せし蚊帳》（昭42）などがあり、それぞれに思いがこもってよい。

でで虫が桑で吹かるる秋の風

昭和七年、二十五歳。『桃は八重』

丹波は養蚕が盛んであちこちに桑畑があった。この句は生家近くの桑畑の景である。でで虫は夏に最も多く出るが、春や秋にも見かける。もともと乾燥を嫌うでで虫が乾いた殻を秋風に晒しているのだから、絶え絶えの誠に哀れな姿である。

綾子は「自作ノート」(『現代俳句全集』四)でこのでで虫を、

丁度その時の自分の姿と同じものだと感じた。

と述べている。当時綾子は肋膜炎のため「ひどく虚無的で心身のどこにも力は無かった」(『私の歳時記』)のである。しかし、絶え絶えのでで虫を自身の投影としながらこの句に一抹の明るさがあるのは何故だろう。「でで虫」の素朴でおかしみを含んだ語、「吹かるる」の軽やかさ、また主観を抑え客観写生に徹したことによるものであろうか。いずれにせよこの明るさは、弱さを乗り越えて生きようとする綾子の姿勢の表れにほかならない。

集中三好達治が一番誉めた句。

人は憂を包むやうにも秋袷

昭和八年、二十六歳。『桃は八重』

秋袷は、秋が深まり秋冷を覚える頃着る袷。秋袷を着ると身が温まり何となく落ち着いて冬に向かう感が強くなる。

この句、秋袷に身を包みながら、憂を包んでいるようでもあるという。単なる袷でも単衣でもなく、秋袷が憂に添う。

『桃は八重』ではこの句に前後して《春愁や三椏の花匂はざる》（昭8）《わびしくて人の昼寝を見てゐたり》（昭8）《一人食ふ夕飯や秋の風をかむ》（昭8）のように、やはり孤独と憂愁に満ちた句が並んでいる。掲句の憂は綾子自身が持つものであろうが、生きて生活しているどの人にも存在するものとして一般的な広がりの中でとらえた事により、詩的に醇化されたといえよう。

綾子の憂はやはりこの時期いくつかの不幸に見舞われた事による。夫と母を相次いで亡くし孤独の中での宿痾が、若い綾子の心をどんなに蝕んだか、想像に難くない。

菜の花がしあはせさうに黄色して

昭和十年、二十八歳。『桃は八重』

一点の翳りもない菜の花の光り輝く黄色は、まさに幸せの象徴のようである。

だが作者はそれにとっぷり浸かっているわけではない。やや離れ客観的に見ている。自身の心は恐らくそうではない面を持っており、それが「しあはせさうに」と感じさせたのであろう。

しかし口語調やリズム感が相俟ってこの句の向日的で明るい世界はまぎれも無い。

この傾向の句は他にも《チューリップ喜びだけを持つてゐる》（昭13）《つばめ〱泥が好きなる燕かな》（昭13）《紅いのも白いのも散り鳳仙花》（昭10）《雪よ降れ降りてふんわり嵩になれ》（昭11）《花菜咲き水をじやぶじやぶ水仕事》（昭12）というような句に見られ、純真、素直を貴ぶ「倦鳥」俳句の流れの中にあって、当時の綾子俳句の一つの特徴を示している。

冬になり冬になりきつてしまはずに

昭和十年、二十八歳。『桃は八重』

冬になったばかりの頃は冬がまだ定まらず、時に秋の気配が感じられる日があったりして、掲句のようなことが確かにある。その微妙な季節感を云ったものだが、「なりきつてしまはずに」の言い回しがその辺りを的確に言いとめている。

この句を師の松瀬青々が褒め、「倦鳥」の秀逸欄にとり上げた。また同門の長老、武定巨口からも「この句の斬新さに驚いた」と手紙が来たことを自註『細見綾子集』に書いている。

この句から綾子の柔軟かつ鋭敏な感受を見ることが出来るが、その辺のことについて、綾子は次のように述べている。「私が青々の句で一番最初のころ感心したのは。《草いきれ忘れて水の流るるや》という句なんですけど」「青々はすごく柔軟な心を持って俳句してたから私が真似したのよ」（「風」昭56・1「新春に語る」）。

また、青々は「嘘を言ったらよく見抜く人でした。どんなにうわべをうまく言っても嘘を嫌って嫌って、それは大変なものでした」（同）とも述べているが、綾子の作句法が青々の影響によるものであることを明らかにしている。

弱ければ春日ざしなり夢殿に

昭和十二年、三十歳。『桃は八重』

「追悼会　法隆寺にて　三句」の前書がある。その内の一句。昭和十二年一月九日、綾子の師松瀬青々が六十九歳で亡くなり、二月二十一日、追悼会が行なわれた。

綾子は青々晩年の弟子で、昭和五年、二十三歳で入門している。当時の事を綾子は、

私が俳句を作ってみようかと思ったのは、孤独と病気との中であった。青々俳句にひかれたのは甘さのためだ。青々俳句の甘美が無かったら私は俳句などは作っていない。愚かしいといわれてもこれはほんとうのことである。


と、『私の歳時記』で回想している。法隆寺は毎年九月十九日前後に子規忌の法要があり、倦鳥句会も催されていた所である。

立春を過ぎても風の吹く寒い日が続くのが常で、まだ十分に冬のベールをひきずっているが、それもしばらくすると、徐々に春の様相を帯びはじめる。師の亡き今、作者はその春日ざしに少しばかりの慰めを得ながら師を偲んだのである。

同時作に《手を合はせに来りしここの松余寒》《千年の一と時生きて吾余寒》がある。

百里来し人の如くに清水見る

昭和十二年、三十歳。『桃は八重』

夏の暑い盛り、地下からこんこんと湧く清水の冷たさ、清冽さを表現するのにこの比喩は言い得ている。

綾子はこの頃、二十二歳で発病した肋膜炎の転地療養のため大阪の池田市に仮寓の身であったが、青々らと文楽を見たり、京都や大阪の寺を巡ったりしている。この年一月九日、青々没後は、遺句集や随筆集などの清記、編集に携わるなど、かなり精力的で、この頃は長年の宿痾からも随分と解放されていたのではないかと思われる。

元日の昼過ぎにうらさびしけれ

昭和十三年、三十一歳。『桃は八重』

自註現代俳句シリーズ『細見綾子集』（以下、「自註『細見綾子集』」と略す）に、
元日の昼過ぎに名状すべからざるむなしさの漂うことがあった。年の始めであるが故に。
とある。

この頃病気はほとんど快復傾向ではあったが結婚二年にして夫に死別、正月とて父母は疾うに亡く、前年には師の松瀬青々が没している。

こんな境遇をうつす次のような句が『桃は八重』に並ぶ。《冬の雨さぶしからめと人の言ふ》（昭5）《わびしくて人の昼寝を見てゐたり》（昭8）《人は憂を包むやうにも秋袷》（昭8）《一人食ふ夕飯や秋の風をかむ》（昭8）《秋風にさびしくなりぬ牡丹の木》（昭10）《春の雪ゆつくりと降りさびしけれ》（昭11）《目出度しと言ふ人々にまじりけり》（昭12）《霞む日を戻りてものを言はざりし》（昭12）。

掲句もこの一連の句といえるだろう。

ひし餅のひし形は誰が思ひなる

昭和十三年、三十一歳。『桃は八重』

雛祭の菱餅の由来は諸説あるようである。菱は繁殖力が強いので子孫繁栄を願って最初は菱の実そのものを供えていたのが、その実を餅に練り込むようになった。それが、初めは丸餅だったようだ。やがて菱の実に似せた三角形となり、今の形になったのは江戸時代からのようで、その葉っぱを形取ったともいわれている。

葉っぱといえど今の菱形とは少し違うようだが、この洗練された菱形は本当に誰の考案だろう。或いは長い間に誰ともなく至りついたのか。誰もが慣習として疑問もなく供える菱餅のルーツに思いを馳せる綾子の敏なる感受を思う。

自註『細見綾子集』には次のようにある。

三月節句のひし餅。この長菱形は何とも言われず面白い。一番はじめにこの形を案じた人のアイデアはすばらしい。

チューリップ喜びだけを持つてゐる

昭和十三年、三十一歳。『桃は八重』

チューリップが春の燦々たる日のもとで色鮮やかに咲くさま、それを掲句のように誰が断じ得ようか。夕方になれば閉じ、翌日日が照ればまた明るく開く。単純に喜びだけの生。『俳句の表情』に次のようにある。

春咲く花はみな明るいけれども、中でもチューリップは明るい。少しも陰影を伴わない。喜びだけを持っている。

人間世界では喜びは深い陰影を背負うことが多くて、谷間の稀れ稀れな日ざしのようなものだと私は考えているのだが、チューリップはちがう。曾て暗さを知らないものである。喜びそのもの、露わにもそうである。

私はこの花が咲くと胸襟をひらく思いがする。わが陰影の中にチューリップの喜びが灯(とも)る。

チューリップに喜びを感じるのも、心の陰影ゆえなのだ。

ふだん着でふだんの心桃の花

昭和十三年、三十一歳。『桃は八重』

　ふだん着ほど身に馴染むものはない。ふだんの心は平常心。両者は一体のものだ。桃の花は愛らしい色艶の花で雛の節句に使う。よろこびと懐かしさが混じったような印象の花だ。ふだん着でそんな花の前にいる安らぎ。「ふだん」の音に弾んだ調子があり、それを繰り返すことによって調べは更にリズム感を増す。

　この句が作られたのは大阪府豊能郡池田町（現、池田市）の池田山桃畑で、当時綾子は転地療養のため池田町石橋の小川徳治郎方に仮寓していた。病気が快復しつつある中で作句活動に励むなど、平穏な生活の充足感があったと思われる。

　同時作に句集の題名となった、《風吹かず桃と蒸されて桃は八重》がある。

つばめ〳〵泥が好きなる燕かな

昭和十三年、三十一歳。『桃は八重』

「つばめ〳〵」と、親しく呼びかけるような弾んだ調子が、巣造りの頃の燕がいかにも楽しげに飛び交っている様子を彷彿とさせる。天真爛漫で表現は自在、童謡の一フレーズのような印象だが、最後を切れ字「かな」で結び、俳句としての形をはっきりと打ち出している。

この句には一つのエピソードがある。西東三鬼が少年院の俳句指導を頼まれたが、少年たちが俳句の話になかなか乗って来ず、困った三鬼がこの句をくちずさんだところ、わぁっと乗ってきたというのである。

同じ系列の句に《チューリップ喜びだけを持つてゐる》（昭13）がある。こちらもリズムよく、童話のような雰囲気がある。

み仏に美しきかな冬の塵

昭和十三年、三十一歳。『桃は八重』

堂内のかすかな光に浮かび上がるみ仏のうっすらと白い塵。冷たい仏像に塵もまた冷たく光っている。その塵に冬という季感を与えた。清浄に美しい冬の塵であろう。これによって仏像の美しさも髣髴とする。

「冬の塵」は季語として歳時記には見られない。綾子の造季語である。自註『細見綾子集』に、「私は師、青々先生のお供をして大和の寺々をよく歩いた。唐招提寺が一番いいと言われていた」とあり、この仏像は鑑真和尚であると思われる。鑑真像については『花の色』で次のように書いている。

高浜虚子が自分の娘さんにこの像をぜひ見せたいと思って連れて行ったという。省略とはこういうものだ。簡素とはこういうものだ。俳句を作るうえに深く学ばねばならないと虚子は書いていた。私も虚子の言葉に感銘して記憶している。この像の在り方が写生の理想であろう。

九頭竜の洗ふ空なる天の川

昭和十四年、三十二歳。『桃は八重』

九頭竜川は岐阜県の油坂付近に源を発する福井県随一の川。古くからしばしば大氾濫を起こし、九頭竜の名にふさわしい暴れ川である。

この句は大野町（現、大野市）へ右城暮石、古屋ひでをら数人と行って詠んだ。

句意は、九頭竜川の奔流が水しぶきを上げながらどうどうと流れ、まるで空を洗うかのよう。その空にかかる天の川よ、というもので、実にダイナミック。天の川がこの上もなく美しい。声調が緊まり、緊迫感をもってこの景を支えている。いわゆるますらおぶりの句である。

この時のことを後日『俳句の表情』で次のように書いている。

後年私は山形の最上川を見て印象が強かったが、九頭竜の方がより荒々しい。驚くべき大石がごろごろしていて、水流が盛り上がっている。長い間山を削って流れているのだろう。（中略）その夜天の川を見た。夜は一層川音が高い。夜の九頭竜は空をも洗い、銀河のまたたきがわかるほどだった。

秋蚕飼ふものやはらぎを兵還る

昭和十四年、三十二歳。『桃は八重』

秋蚕は桑が再び葉をつけたのを利用して飼う。初秋蚕、晩秋蚕があるが、特に晩秋蚕は上蔟（じょうぞく）までの日数が短く手数がかからないが品質が劣るといわれている。

丹波は養蚕が盛んで桑畑が多く、かつて福知山へつづく山麓は一面ずっと桑畑であったという。秋蚕を飼う人々は恐らく春蚕のように気張ることはなく、品質の劣る秋蚕を余力のように飼っているのではないだろうか。蚕室を掃いたり桑を運んだりするのもどこか落ち着いて、秋日のやわらかさと共にその様子も何となくゆるやかにやわらいでいる。そんな中を兵が還ってきたのだ。病気や怪我のため除隊になったのか、あるいは何の理由か知れないが、とにかく日本の、このやわらいだ景の中へ帰還した。

惨憺たる、また凄愴たる状況下を強いられた兵に、このやわらぎは如何に映っただろうか。そんな兵の心情に思いを馳せつつ、静かにではあるが反戦の思いをも読みとることが出来る。

寒の水念ずるやうにのみにけり

昭和十四年、三十二歳。『桃は八重』

寒の水は体にいいとされるが、寒の九日目の水を寒九の水といい、ことに効用があるとされる。

この水で搗いた餅は黴が生えにくく、酒や醬油、味噌の仕込みなども最良とされる。また寒漉き、寒曝もこの水が用いられる。

掲句はその水に心中何かを祈り願うようにのんだという。ありがたい寒の水がそのようにさせたのだ。

寒の水を詠んだ句は他に《寒の水飲み干す五臓六腑かな》（昭48）がある。五臓六腑に凄味があり、自己の生命を客観的冷静に見据えるしたたかさがあるが、一方でおかしさもある。

この年の三月終り頃、綾子は腹痛に襲われ、以来七十日余りを胆石の手術のため病院で過ごすことを余儀なくされるが、掲句はその布石のようにも思われる。

榛芽ぶき心は湧くにまかせたり

昭和十五年、三十三歳。『桃は八重』

榛の木は喬木で高さ二十メートルにもなるという。幹がまっ直ぐ伸びるので田んぼの畦に一列に植えて稲架に利用する。

自註『細見綾子集』に、

私の家の向い山に高座(たかくら)神社という産土神があり、森つづきに井戸山という山があった。榛の木が多く、芽ぶきの頃はよくそこへ行った。

とある。掲句は榛の芽吹きを仰いでの昂揚感を詠んだもの。

当時の綾子は二十代前半から病んでいた肋膜炎が快方に向かいつつあり、それが相俟っての気分と思われる。

寂光といふあらば見せよ曼珠沙華

昭和十五年、三十三歳。『桃は八重』

「法隆寺　二句」の前書がある。

寂光は寂光浄土のことで、仏の住む生滅のない永遠絶対の浄土をさす。曼珠沙華の咲く様子に寂光を連想し、もしあるならばそれを眼前に見せよと迫る。曼珠沙華のこの世ならぬ美しさを表現したものである。

綾子は仏教に馴染が深く、信仰心篤い両親のもとで子どもの頃から経本を手に唱和させられて育ったという。また師の松瀬青々は仏典に精通しており、奈良の寺々や仏像巡りをよくしたが、綾子はそれに随伴して寺院や仏像について眼を開かされたようだ。

『花の色』で、この句の周辺を綾子は次のように回想している。

　九月十九日の子規忌に参じたついでに、宝物殿にのぼり、二階から、何心なく裏庭を見下ろしたところ、そこに一面に咲いていたのが曼珠沙華だった。（中略）塗りのはげた太い柱の建物の裾を埋めて、燦然と咲いていた花。生涯のうち、自分が見惚れたものの一つとして、この場景、この花をあげようと思うほど強くひかれた。

きさらぎが眉のあたりに来る如し

昭和十六年、三十四歳。『桃は八重』

「きさらぎ」は陰暦二月の異称。春とはいえなお余寒の肌に厳しい感じを本意としている。右の句は「きさらぎが来る」という大づかみなことを言っているのだが、「眉のあたり」とした点に繊細かつ微妙な感覚がある。「眉のあたり」に感ずるのは光であろう。きさらぎの光の眩しさに目を細め眉根を寄せる、そんな感じを言ったものと思う。季節の移り変わりを繊細かつ大胆に表現している。

この種の句は他にも《冬になり冬になりきつてしまはずに》（昭10）《春暁のうす紙ほどの寒さかな》（昭13）《春になる夕べ寒しと言ひながら》（昭51）などがある。

遠雷のいとかすかなるたしかさよ

昭和十七年、三十五歳。『冬薔薇』

この句の遠雷は、それが雷とはすぐにはわからないような、丹波の山の更に向こうより聞こえてくる雷のようである。しかしそれはまぎれもなく雷であると確信した。「かすかなる確かさ」とは、一見矛盾するかのようだが、その逆説的表現に物（この場合は遠雷）の本質や存在感が言いとめられている。

『俳句の表情』で綾子はこの句を自解して、次のように書いている。

遠くからであるから、かすかであるから、たしかなのだ、と思ったのがその時の発見といえようか。それ以来私は、たしかなものはかすかなのではないかと思うことがある。

まぶた重き仏を見たり深き春

昭和十八年、三十六歳。『冬薔薇』

「法隆寺百済観音」の前書がある。

百済観音は長身細身の立像。側面から眺めるのが最も美しいとされるが、すらりとして清楚な印象の像である。飛鳥時代の作であるが、名称は百済から渡来したと考えられていたことによる。

綾子が百済観音を初めて見たのは昭和十年以前、松瀬青々のお供をしてのことだった。その後も法隆寺を訪れるたび、まずこの仏像の前に立つ。法隆寺の数々の仏像中最も心惹かれる仏像であったのだ。「永遠に美しいものの一つ」とも述べている。

この仏像はねむた観音ともいうらしいが、その駘蕩たる雰囲気を「まぶた重き」に表わした。切れ字を含んだ「見たり」を入れることにより、季語は微妙に離れているといえる。

昭和六十三年、上野博物館でも百済仏を見ている。その折の句に《落葉踏むかそけさ百済ぼとけまで》《冬紅葉燃ゆる彼方の仏かな》《とこしへのほゝゑみに今銀杏散る》がある。

朝雉子の一と声をあめつちに立ち

昭和十九年、三十七歳。『冬薔薇』

雉子は繁殖期の春から初夏にかけて草原、畑地、雑木林などで盛んに鳴く。その声は鋭く、はるか遠くからでも突き抜けるように聞こえてくる。
物音の未だひそやかな清々しい朝の大気に鳴く雉子。この句はそんな雉子の声をあめつちの果てしない広がりの中にとらえており、大自然の荘厳な命とそれを受けて立つ綾子の気魄のようなものを感じさせる。
句集『雉子』に載る「雉子」と題する綾子の随想の中に、次のような一節がある。

求むるものへ透きとほつて啼くあの声は、私をいつも呼び覚ます。全身の中に呼び覚ましてくれる。昨日の古さより、今日の新らしさに呼び覚ましてくれる。昨日の悔恨の中より、今日の鮮やかさを湧き出させてくれるのである。

実に美しく、掲句の鑑賞を豊かにしてくれる。

ありありと何に覚むるや朝雉子は

昭和十九年、三十七歳。『冬薔薇』

雉子は繁殖期になると「ケーン」と大声で鳴き雌を呼び寄せ縄張り宣言をする。その声ははるか遠くを貫き通すほどの声で、朝雉子ともなればそれは殊更と思われる。

「ありありと」はその雉子の声をのべたものであるが、丹波の朝の空気を貫く声として「ありあり」はありありでなくてはならないだろう。それは綾子の胸奥深く刻まれたに違いない。

「覚むる」は朝の目覚めというようなものではなく、生命に関わるもっと根源的なものだろう。

何かに覚める朝雉子の声は綾子の胸奥にある種の憧憬のようなものとして捉えられている。

背景としては半年前に欣一出征を見送り、戦局傾く報のころである。

山吹の咲きたる日々も行かしめつ

昭和十九年、三十七歳。『冬薔薇』

「松瀬青々先生遺居にて　二句」の前書がある。

晩春、新葉とともに黄金色の花を群がりつける山吹は、茎の様も花の散り際も美しく、古来から和歌や俳句に多く詠まれている。

綾子は山吹に独特の感慨を持っており、『花の色』で次のように書いている。

山吹が咲くと一日一日が惜しくてならない。私たちはすべての日を後方(しりえ)にして生きてゆくのだが、山吹が咲くとこの感覚が急に強くなる。

この思いがそのまま右の句に成った。空虚感無常感が強い。

青々が亡くなり、主宰誌「倦鳥」もこの年四月に終刊になった。心の拠り所を失った綾子の空虚感は如何ばかりであったろう。惑いは前年秋の欣一の出征も影を落としていたとも考えられる。

同様の句に《山萩の房々とせし時は過ぐ》（昭17）がある。時間を詠うという綾子の一端を見ることが出来る。

早春の山笹にある日の粗らさ

昭和二十一年、三十九歳。『冬薔薇』

綾子は終戦前後は丹波に居住。これも丹波の山麓の景であろう。奥深い丹波の早春はまだ冷たい風が吹き、日の光も弱く、冬の名残を引き摺っていたに違いない。が、それを早春というのであって、温暖化の今の早春とはやや趣が異っていたかも知れない。

山笹は普通の笹より葉が大きく丈は腰ほどかそれより低くごわごわと群がり、表面はざらついている。

それに差す日を「粗らさ」と捉えているのだが、日ざしを手触り感、質感として描写し、早春の生動する息吹そのままを言い止めている。

実に即物的な句であるが、即物ということについては『花の色』に次のような記述がある。

俳句は即物的だと言われるが、ただむやみに即物的でありさえすればいいというものでもない。ものの質感に敏感でなければ即物の面白味は出てこないと思う。

まさに、この言葉通りの掲句である。

春近し時計の下で眠るかな

昭和二十一年、三十九歳。『冬薔薇』

「時計の下」という何でもない場所設定が、この眠りをうたた寝のように思わせなくもないが、実際は布団を敷いての毎夜の眠りを指していることが次の自註『細見綾子集』でわかる。

生家に古い八角の時計がかかっていた。その時計の下で自分は毎夜ねむった。春が近いと思いながら。

やはり毎夜の眠りであればこそ季語「春近し」が生きるのではないか。春は昼間というより夜の深い闇の中を刻々と来るもののようである。

この句の「時計の下」にはそこはかとないおかしみがあり、眠りは春の近いことを確信した安らかな眠りである。

この句の作られた昭和二十一年一月は、終戦から五ヶ月の月であり、三ヶ月程前の十月には沢木欣一が帰還している。一たび戦地へ赴いたら還り来ることなど一縷の望みでしかなかったことを思えば大きな喜び、安堵であった事は間違いない。こういった状況がこの句の背景にはある。

藤はさかり或る遠さより近寄らず

昭和二十一年、三十九歳。『冬薔薇』

この句の背景を『俳句の表情』で綾子は次のように述べている。

私はよく、奈良、春日野の藤の花を見ずして藤のことは語れない、といっているが、それほどにすばらしい。春日の森の大杉（千数百年とたやすくいうが）に藤蔓は巻きのぼって、おどろくべき高処から長い花房を垂れて咲く。藤蔓も多分杉の木と同様に古いものだろう。地を這っている根は大方裂けて、すさまじい。しかしこのすさまじい藤蔓が古杉に巻きついて咲かす花は何とも臈たけてみやびやかだ。その藤を見る距離をその時発見した。それよりは近よれないというものを。

藤の花の美に立ちすくんだとも言えよう。

なるほど千数百年の杉の高処から垂れる長い花房は想像するだけでも息を呑む美しさだ。掲句の背景にそんなことがあったとは思いもよらなかった。

「或る遠さより近寄らず」は藤の花の最も美しい距離のためであり、それ以上近づいても遠ざかっても何かが欠ける。ここに藤の本質があるし、それを発見した審美眼を思う。

鶏頭を三尺離れもの思ふ

昭和二十一年、三十九歳。『冬薔薇』

この句では三尺がポイント。三尺は鶏頭ともの思う主体とを不即不離の関係に置いている。近すぎれば鶏頭の全体が見えず遠すぎれば両者の関係が曖昧になる。三尺という距離に於て鶏頭の全体が明らかになり、それと対峙してある、ものを思う自己も明瞭になった。戦後の混乱期、存在する我を意識した句である。赤く、強い鶏頭が存問の対象として的確。この句には次のような自註が「自作ノート」(『現代俳句全集』四)にある。

鶏頭と自分との距離が三尺だと思った時急にその三尺にひらめきを感じた。自分と鶏頭との間の三尺こそ分明なものだったのである。あらゆるものがそれによってはっきりするかのごとく感じられた。鶏頭もそこに立っている自分も。もの思うことによって立っている、また自分が存在するいわば自分自身の存在感を意識したのだ。

この句は綾子の代表作の一つで、昭和四十六年五月十六日、金沢の尾山神社の境内に句碑が建てられた。

冬薔薇日の金色を分ちくる、

昭和二十一年、三十九歳。『冬薔薇』

薔薇は四季咲きで冬にも咲く。万物みな枯れる冬の荒涼たる庭園に健気にも咲くのが冬薔薇であり冬のわびしさを和らげてくれる。

「日の金色」は朝日であろう。冬薔薇にさし一層美しく輝かせている。その金色を冬薔薇が分けてくれた。美しいものを分かち得た心の栄え。

自註『細見綾子集』には、

冬薔薇にさしている日は羨(とも)しいものだ。

とある。

句集名『冬薔薇』はこの句に拠る。

峠見ゆ十一月のむなしさに

昭和二十一年、三十九歳。『冬薔薇』

この句は丹波・但馬の国境の峠をのぞんだ句。十一月という月は秋から冬になる狭間の何か空漠とした感じの月である。

綾子が「丹波は高原地帯に似た空気の清澄さがあって、冬空の美しさは無類である」（『私の歳時記』）と書いているように、空気が澄んで峠がよく見えるのである。「むなしさ」は木の葉がすっかり落ちて透けて見えるのを言ったもので、登山家深田久弥が、この時期の山をよく言い得ていると推奨している。綾子も『俳句の表情』で、

峠はいつでも見えるのだけれども、木の葉が落ち尽くす十一月になると、辺りがからりとして一層よく見える。空々漠々たる明るさの中に見えていた峠。

と書いている。つまり、掲句のむなしさは、そういった物理的むなしさに、綾子の心のむなしさが重なったものといえよう。それを埋めるかのように峠が見えるのである。この句の作られた昭和二十一年は、戦後の窮乏の最も激しい荒廃の時期である。丹波の綾子の暮らしも時代の波の中にあったわけで、そんなこともこの句の背景に考えることが出来る。

山茶花は咲く花よりも散つてゐる

昭和二十一年、三十九歳。『雉子』（『冬薔薇』未発表句）

故郷の家の裏庭に百年以上も経つという山茶花の大木があり、掲句はこれを詠んだものであろう。

山茶花は見るたびに散っていて、その根元に美しい花びらを敷いている。咲く花というより、散っている花なのだ。

紅色の花弁が一ひら一ひら散るのは、咲いているさまよりも鮮やかであわれが深い。それが山茶花の特質というものであるようだ。

山茶花について、『花の色』に次のような件がある。

散った花びらは根方を埋めるといっては大げさかも知れないが、それに近いありさまとなる。散った花びらはいつまでもみずみずしい。牡丹も散った花びらが美しいが、山茶花は高い所から散るのでいい。風が吹いても吹かなくても散っている。

冬来れば母の手織の紺深し

昭和二十一年、三十九歳。『冬薔薇』

丹波は養蚕が盛んで、綾子の家でも蚕を飼い繭をとっていた。「手織の紺」は、絹糸を織り込んだ木綿縞の地色で、冬が来ると一段と深い紺色を示すようになるというもの。この句にも丹波の冬の凛と張った空気があって、それに晒されたような紺色が美しい。綾子の母は昭和四年、綾子が二十二歳の時腎臓病で亡くなっている。

情にもろく、うぶで素直で人を信じやすく、傷つき易い人であった。と、後年『細見綾子聞き書』で述懐しているが、綾子もどちらかといえばそんな母の血を引いている。

性格が強くなったのは後天的なもので、なんども傷ついて、それを乗り越えてきたからである。とも。

母への思慕が美しい。

くれなゐの色を見てゐる寒さかな

昭和二十二年、四十歳。『冬薔薇』

くれなゐの色とは何か。鶏冠、林檎、夕焼、はたまた寒牡丹、火?。いろいろ詮索したくなるが、実際に綾子に尋ねてみればそれは着物の裏地だという。だがそんなことはどうでもよい。この句はそういった一切の夾雑物をとり去り、くれなゐの色だけをクローズアップさせる極端に単純化された句である。「くれなゐの色」と「寒さ」の融合。

自註『細見綾子集』にはこう書かれている。

くれないの色を見ていると、寒さを美しいものだと思う。

綾子には色彩をテーマにする句が多い。《そら豆はまことに青き味したり》(昭6)《霧晴る丶次に見るもの何色か》(昭21)《冬薔薇日の金色を分ちくる丶》(昭21)《冬来れば母の手織りの紺深し》(昭21)《寒の空もの丶極みは青なるか》(昭22)《赤多き加賀友禅にしぐれ来る》(昭44)《青梅の最も青き時の旅》(昭45)《古久谷の深むらさきも雁の頃》(昭51)《瑠璃色の海を秋待つ心とし》(昭55)など、挙げれば切りがない。

見得るだけの鶏頭の紅うべなへり

昭和二十二年、四十歳。『冬薔薇』

「十一月　沢木欣一と結婚」の前書がある掲句は、生家の土蔵の前に群がり咲く鶏頭を詠んだもの。

欣一との結婚を鶏頭の燃える紅の中で肯った、強い決意の句である。「見得るだけの」には迫力があり、同時期の《行かば行くべし秋風の果てす、きの果て》は更なるすさまじい決意表明である。

綾子にとっては四十歳にして二度目の結婚。相手は一まわり年下の初婚。住むことになる金沢は未知の地、大きな覚悟を伴うのは想像に難くない。

当時既に両親はなく、相談する人とてない綾子は、庭の鶏頭、強い鶏頭に存問するのであった。

見得る限りの鶏頭を綾子が肯定したと同時に、鶏頭自身も綾子の決断をうべなったのだ。「鶏頭の紅」で切れ、掲句はそのようにも読みとれる。

綾子と鶏頭の交感は他にも幾つか見られる。《事あれば鶏頭の日の新しさ》（昭22）。

くわりんの実しばらくかぎて手に返す

昭和二十三年、四十一歳。『冬薔薇』

綾子は昭和二十二年十一月、沢木欣一と結婚し金沢に移り住んだ。二人の住居は、金沢市寺町三丁目、柏野方で、ガラス戸に囲まれた二階の部屋であった。

この雪嶺の街で生活をはじめたことを悔いのないものにおもっていた。

と『私の歳時記』にある。

かりんは晩秋に洋梨に似た黄色の実をつける。香りが高く、掌にとると先ず誰でもその香りを嗅いでみるものだ。

目の前に差し出されたかりんの実を嗅いでまたもとの手へもどす。こんなさり気ないやりとりに、仲睦まじい平穏な生活が感じられる。

『冬薔薇』のこの時期、新婚生活を詠ったものが多く収録されている。《雪の窓に身は固くゐて人の許》（昭23）《二人居の一人が出でて葱を買ふ》（昭23）《炭はぜて葱に飛びたり夜新し》（昭23）。

硝子戸の中の幸福足袋の裏

昭和二十四年、四十二歳。『冬薔薇』

燦燦と日が注ぐ暖かそうな硝子戸の中、そこに吊るしてある足袋の裏、そんななんでもなさに見つけた幸福感。「足袋の裏」とは象徴的で穿った把握だ。

この句は作者自身の生活を詠んだのではなく、「倦鳥」時代からの友人右城暮石を訪ねた折の光景。

こういった句には『桃は八重』時代の哀感や虚無的な感傷といったものは微塵も見られない。

結婚して二年、綾子の平凡であるが安らいだ心の反映がこの句にはある。

春雷や胸の上なる夜の厚み

昭和二十四年、四十二歳。『冬薔薇』

春雷は夏の雷と違って穏やかに通り過ぎて行く雷だが、浅い眠りだったのか、夜中に目覚めて、まっ暗な夜の闇が胸の上に厚みとなってあるのを感じた。

この夜闇の厚みは一見不穏なものを感じさせなくはないが、そうではなく、「春雷」という春の到来を告げるやわらかな雷鳴を思えば、逆にこの夜闇の厚みもまた春到来の象徴と受けとめるべきだろう。

『俳句の表情』にその辺のことが次のようにある。

　春の雷はいつも思いがけない時に聞くもののようである。夜そのひびきに目を覚まし、尾長くいつまでもひびいて、胸の上に厚みを感じ、そしてこの厚みを春だ、と思うのだった。

このような解説に、季語が一句を左右するのがわかる。また「夜」を「厚」みというフィジカルなものとして捉えた感性を思う。

硝子器を清潔にしてさくら時

昭和二十四年、四十二歳。『冬薔薇』

桜は花期が短く、美しさのままで一気に散り果てる。それ故に古来から日本人の心を魅きつけて止まなかった。「さくら時」は桜の咲く頃という意味だが、イメージ的には現実に咲いている光景が思い浮かぶ。

自註『細見綾子集』に、

硝子器を一所懸命みがいていた。そして桜どきに応えていた。

とある。

ガラス器の透明で冷たい感触と透きとおるような桜の花びらがひびき合った感覚的で美しい句。

日常身辺を季節感豊かに美しく詠うのは綾子の独擅場である。

軽き日は鏡にうつす冬田の犬

昭和二十四年、四十二歳。『冬薔薇』

「病める姪幸子」の前書がある。

綾子の姪幸子は昭和十五年、十六歳の時結核にかかった。戦争中のことで薬もなく、病状は悪化した。戦後、母屋から廊下づたいに病室が出来、広い出窓に広がる四季折々の山と空、田んぼが幸子の見得る世界だったという。

掲句は、起き上がることの出来ない彼女が、鏡に冬田の犬をうつして見ている様が実にいじらしい。「冬田の犬」のさり気なさは病者の慰めにふさわしいものであっただろう。

「純真に、可愛らしい存在で」「生きている間は気の毒で」「可哀想と言えなかった」と、綾子は『花の色』で述べている。

丹波の「細見家之墓」の中程に位置して幸子の墓があり、墓石の側面に自作の《起座五分吾が顔の前雪降れり》の句が彫りつけてある。

木蓮の一片を身の内に持つ

昭和二十五年、四十三歳。『冬薔薇』

赤子というにはまだ小さくほのぼのと柔らかなもの。がしかし、脈々と息づいているその命を木蓮の一片とみたてた瑞々しさ斬新さ。いかにも花好きな綾子の感受である。因みに草田男は《吾妻かの三日月ほどの吾子胎すか》と詠んだ。

綾子はこの時四十三歳。丈夫とはいえない身の高齢出産ゆえ、大きな覚悟をもって臨んだのであった。その辺のことを『私の歳時記』で次のように述べている。

帝王切開をした時、ほんとうは死ぬかも知れないと思っていた。しかし胎内の子供は脈うっていたから、助かりたい心はいっぱいであったが、しかし死ななければならないものならば仕方がないと考えていた。

他に《母となるか枯草堤行きたりき》《みごもりや春土は吾に乾きゆく》《みごもりて裾につきゐる春の泥》《いづこよりか来たるいのちと春夜ねむる》。

母てふ名よ桐花落す黒き土

昭和二十五年、四十三歳。『雉子』（「『冬薔薇』未発表句」）


桐の花は綾子の好む花の一つで、『綾子歳時記』には例句が三十一句と多い。

この年六月十九日、四十三歳で一粒種の太郎を出産しているが、掲句は病院のベッドでの感慨であろうか。

「母てふ名よ」にまだしっくりとしない初々しさが感じられる。或いは「母」というものを再認識しているともいえる。自分を産み育ててくれた母のこと、その母に自分もなったこと、「母」の大きさ強さなどへの思い巡りがこの語には感じられる。

桐の木は大地に大きく根を張り大樹になる。昔は子どもが生まれると桐の木を植え、その木で嫁入りの箪笥を造った。「黒き土」は母なる大地を意味し、全ては大地から芽生えるという母の偉大さを思わせる言葉だ。

綾子の生誕時にも恐らく桐の木を屋敷内に植えたであろう。その木が大きく高くなり、花が丹波の黒土に落ちたのを思い出しているようにみえる。

後年の作《母の日の母に雨中の桐の花》（昭44）が思い出されもする。

白木槿嬰児も空を見ることあり

昭和二十五年、四十三歳。『冬薔薇』

綾子は昭和二十五年六月十九日、金沢市の内田病院にて帝王切開で長男太郎を出産した。数ヶ月後、腕の中で見開いた目が意志をもってじっと空を見ていたという生命への驚き。空という無限の空間に置かれた小さな命。白木槿が無垢なやわらかさを醸し出す。色彩について言及するならば、この頃の吾児俳句は白のイメージで詠われたものが目につく。《貰ひ乳子が遠くなる木槿垣》（昭25）《雑木山にこぶし点々子の初旅》（昭26）《白き歯よあやめのそばで笑ひしは》（昭26）などである。

寒卵二つ置きたり相寄らず

昭和二十五年、四十三歳。『冬薔薇』

寒卵を平らなところに二つ置いたところ、それらは互いに寄り合うことなく静止してただそこにあった。二つの寒卵が微妙な距離を保ち、個個に自立して実存している美しさ。

「相寄らず」に寓意があるわけではなく、寒卵の不即不離の実在感を示した写生である。

かって《鶏頭を三尺離れもの思ふ》（昭21）で、三尺という絶妙な距離感によって鶏頭ともの思う主体とを明瞭ならしめたように、「相寄らず」によって寒卵の凛とした実在感を打ち出した。

同時作に《一日の栄えや寒卵粥に割る》がある。

肉親が寄りおびただしき羽蟻

昭和二十七年、四十五歳。『雉子』

「丹波にて　三句」の前書がある。蟻は、働き蟻と兵蟻には翅が無いが、女王蟻と雄蟻には翅がある。生殖期の初夏から盛夏には翅のあるものは一斉に飛び立ち、夜、灯火に寄ってきたりして交尾する。

暑い夏の夜、一つの電球の灯の下に肉親が寄り集まった。そのわけは、「おびただしき羽蟻」によって示される。つまり、羽蟻が電灯に群れ、畳に落ち、汗ばんだ肌にくっつくあの鬱とうしさは決してよい集まりを意味してはいない。

自註『細見綾子集』には、

　故郷の義弟が亡くなった時の句。残暑きびしい年であった。


とある。

「おびただしき羽蟻」が遺された肉親の悲しみを逆撫でするかのようである。

他の二句は《息絶えて何たるしじま夏夜の霧》《夜の霧かなしみにまでおしよせ来》である。

不幸にて雑茸汁を賞でて食ふ

昭和二十七年、四十五歳。『雉子』

この年の晩夏、義弟細見修三氏（細見千鶴子氏の夫）が病没している。この句は、《肉親や雑茸汁の湯気の中》とともに、その仏事の時の句。

雑茸汁は、松茸のような名のある茸でなく、山に出る色々な種類の茸を汁にして煮たもの。それぞれの味が滲み出て美味である。

「賞でて」の心は、不幸にうちひしがれたり抗ったりではなく、むしろ不幸に添い、共生するところに生まれるものであろう。賞でることによって悲しさを和らげているのだ。雑茸汁の素朴さが添ってもいる。

関連作に、前ページで示した句以外にも《眼窩深く病み堪へれねば晩夏といふ》《夏夜の霧鼻梁秀でて死にゆけり》《大芭蕉くくりよせられ人亡きあと》などがある。

歯朶の枯れ残菊の紅子に帰らん

昭和二十七年、四十五歳。『雉子』

子息太郎はこの時二歳。

可愛い盛りであるがまだまだ手がかかり、母親を離れ難い。

秋の深まりの中の歯朶の枯れや、残菊の紅、それら衰残の美しさの中にいて、子の許へ帰ろうとする心が逸るのである。自註『細見綾子集』には、
　何を見、何をしていても子に帰る心が先きに立った。

とある。

母親として当然の思いであろうが、衰え始めた景が、生の象徴としてのみどり児と対照的に置かれている。兼六園での所見。

つひに見ず深夜の除雪人夫の顔

昭和二十八年、四十六歳。『雉子』

除雪の仕事は重労働、殊に深夜ともなればその厳しさは増し、使命感めいたものがなければやれないのではないか。掲句はそんな除雪人夫への共感にも似たあたたかい心情が読みとれる。それは生活や労働へ向ける目であり、諸家の指摘するように、一種の社会性俳句と言えると思う。「風」は昭和二十七、八年頃から社会性俳句を論議し始めている（俳壇より一、二年早い）。昭和二十九年には「俳句と社会性」についてのアンケートを全同人に行った。

その中で綾子は「俳句に俳句性の重要なことは言うまでもないことである。（中略）私自身は社会性を主題にした俳句をあまり作らない。けれども、社会性を詠おうとしている人々からいつも刺激をうけている。作品の完成さにではなく、その態度に」と述べ、社会性俳句に対する独自の立場を明確にしている。

社会性俳句に消極的でありながら、「風」というその真っ直中にいてやはり何らかの影響を受けざるを得なかった。

音もなく足袋のつぎしてゐし時間

昭和二十八年、四十六歳。『雉子』

足袋を繕うのは地味な仕事だが、当時は誰しもがやった極く普通のこと。掲句に於て綾子も静かにそれに没頭し、その時間を受け入れている。

杉田久女が《足袋つぐやノラともならず教師妻》（大11）によって打ち出した鬱屈した自我や嘆きのようなものはない。静謐に澄んだ時間があるばかりである。

ところで綾子は足袋を素材にした作品にその時代の心理を如実に表現しており興味深い。療養時代の《足袋洗ひそれで和みて一日を》（昭12）。戦後の窮乏時代の二句《足袋ぬいでそろへて明日をたのみとす》（昭21）《今ぬぎし足袋ひやゝかに遠きもの》（昭21）。金沢で結婚生活を始めた頃の《硝子戸の中の幸福足袋の裏》（昭24）。そして妻として母としての安定した生活の掲句といった具合である。

雪今日も白魚を買ひ目の多し

昭和二十八年、四十六歳。『雉子』

この頃綾子は金沢駅に近い発心寺という寺の二階に住んでいた。寺庭に杏の木が二本実をつけているのに親しさを覚え、引越して来たのである。

北陸の冬は長く、どんよりと曇るか降るかで、晴れた日がとても少ない。そんな感慨が掲句の「雪今日も」である。「今日も雪」を倒置したもので、「雪」を強調している。

白魚は河北潟（かほくがた）などでとれたものを粟ヶ崎の浜の主婦が背負って売りに来る。家の中まで入りこみ、台所の板の間に鮴（ごり）、鮒、白魚、どじょうなどを広げて売るという。

掲句のポイントは「目の多し」。目ばかりを寄せ集めて生きている金沢人の雪籠を連想させる。透きとおったからだは雪の白さに通い、雪に覆われた金沢の楚々とした暮らしを描き出している。

花火上るどこか何かに応へゐて

昭和二十八年、四十六歳。『雉子』

打上花火の炸裂音は近ければ凄じい。余り遠いと音は弱く、掲句はその中間ほどの位置で聞く音のようだ。

空か山か地か、どこかに跳ね返ってこだまのような小さな音がするのだが、それが「どこか何かに応へゐて」であろう。漠然たるものを表現する確かさ、それをリフレインによって整える鮮やかさ。

《遠雷のいとかすかなるたしかさよ》（昭17）を連想させるが、この句も掲句も、漠然としたものに耳を澄ませ、柔軟な心の繊細な部分に触れてくるものをそっと掬いあげて言い止める。その感受、表現力に綾子の真骨頂を見る。

能登麦秋女が運ぶ水美し

昭和二十八年、四十六歳。『雉子』

「能登西海村・加能作次郎碑のほとり　四句」の前書のある一句。

加能作次郎は西海（さいかい）村風戸（ふと）出身の小説家。抒情豊かな私小説を書いた。

この辺りは飲料水の不自由な所で、二丁（約二百メートル）近く離れた部落の谷間まで水を汲みに行くという。水汲みは専ら女子供の仕事で、天秤棒を担ぎ、急な石ころ道を難渋しながら運ぶのである。

女の肩に担われた二つの水桶の水は冷たくて清らか。

「能登麦秋」の調べがいい。麦秋といってもそんなに広くはない限られた土地だろうが、海を見渡せる大きな空間が連想される。麦秋の乾いた空気が水を一層清涼なものに感じさせよう。

能登へ、そして女への褒め歌であるとともに、作次郎への挨拶の句でもある。

熟れ杏汝(なれ)と吾との間ひに落つ

昭和二十八年、四十六歳。『雉子』

「太郎三つの誕生日」の前書がある。

熟れ杏が、今日三つになった吾子と吾との間隙をついて落ちたことのおもしろさ、特別さ。天による祝意のようだが、これによって吾と汝との存在が明瞭になった。

吾子を「汝」と客観的に表現したのも、個としての存在を言わんがためだろう。

「汝と吾」の対句表現、また「nare to ware to」のように音を揃えた点も調子がよい。

この句の作られたのは金沢市弓ノ町十番地、発心寺で、庭に杏の木が二本あった。

綾子と家族はここに約三年住んだ。

蘭咲くを家中のもの知りて暮らす

昭和二十八年、四十六歳。『雉子』

蘭とよばれている植物は大変種類が多く、大半は春から夏にかけて花を開く。季語としては、秋に咲く秋蘭（東洋蘭）の高雅な香をもって秋季としているようだ。

掲句は句集では梅雨の句と合歓の句に挟まれてあり、実際は夏期のもののようだ。が、歳時記に則り秋季の句として扱った。

庭の蘭の香りが家の中まで漂ってきて、綾子がまず気付き家人に知らせたのだろう。皆濡れ縁にでも出てその花を見、香を愛でたに違いない。それ以後その花と香を意識して暮らしているのだ。何となく奥ゆかしい。

この折、蘭の句は七句収録しており、その中からいくつかを挙げておく。《雨ばかりなれば蘭の香人につく》《格子戸の中に灯がつき蘭の花》《蘭散るや根方の砂利にうつ伏せに》。

寒鮒の生きてゐし血や流れもせず

昭和二十九年、四十七歳。『雉子』

寒鮒は冬は枯れた水草の陰に隠れたり泥にもぐったりするが、やや暖かくなると出て来て泳ぐ。この時期の鮒は癖がなく、脂がのって美味とされ、甘露煮や味噌煮にして縁日の店頭などにも見られる。

掲句はその前後に《寒鮒は黒き塊り水底に》《寒鮒のうろこ額に名もなき日》があり、水槽からとり出し料理する景であろう。

大体はまず絞めるのだが、死ねば血液は固まりどろりとなる。包丁にはべっとりと血が付き、開かれた身の血もどろりとして、先程まで体の中を流れていた血とは思われない。

「生きてゐし血」がこの句のポイントで、寒鮒の命のあわれを的確に言いとめている。

雪合羽汽車に乗る時ひきずれり

昭和二十九年、四十七歳。『雉子』

「七尾線　七句」の前書がある。『俳句の表情』に次の様にある。

大きな行商の荷を背負って前かがみになって歩いて行く人々。背負った荷はほとんどが魚類で冬季は鱈その他の魚類が豊富だった。雪がいつでもちらちらしている所なので背負った荷物ごと雪合羽を着ている。その頃の雪合羽は茣蓙に油紙をとじつけたもので歩くと嵩高な音がした。

駅の待合所もプラットホームも至る所雪がたまり、雪水で冷たく濡れている。そこへ雪まみれの汽車が入ってくる。

汽車に乗る時、行商は足もとまである雪合羽の裾をどうしてもひきずらなければならなかった。ひきずるところに彼らの生業の哀しみ、生きるかなしみがある。

この句も綾子の数少ない社会性俳句の一つといえる。

山に雪女に帰路といふものあり

昭和二十九年、四十七歳。『雉子』

「帰路」は言うまでもなく、灯を点けて家族を迎え、夕食の支度をする家庭への帰路である。それが女にあることを肯ってはいるが、全肯定かというとそうでないものが見え隠れする。見方によっては諦念めいたものを感じさせなくもない。

この年息子太郎は四歳、綾子もようやく自分の時間がとれる頃である。この年北國新聞俳句欄選者となり、NHK金沢放送局ラジオ俳句の選者にもなっている。七月には角川書店「昭和文学全集」の『昭和短歌集・昭和俳句集』に作品収録。前年には欣一と共に「天狼」に同人参加し、同誌に「私の歳時記」を連載（昭和三十年六月号より十二回）するなど、大幅に活躍の場が広がってきている。

が、いつの時も男性のように心おきなく、というわけにはいかず、帰路が絶えず脳裡をよぎる。

「山に雪」「女に帰路」の対句が見事。社会性俳句の盛んな頃の句。

生くること何もて満たす雉子食ひつつ

昭和三十年、四十八歳。『雉子』

この句については、句集の末尾の「雉子」という随筆に自解ともいえる記述があるので抜書する。

生くること何もて満たす雉子食ひつつ

といふ句を私は作つたが、これは雉子に対する相すまなさもあり、さう思ひつつ雉子を食べたのだから、今日の生をいささかなりと美しくしなければならない負ひ目を感じ、又生きてゐる私の日々が満たされるといふことは少ないのに、今日は雉子を食べてかなしくも満たされたと言はう。しかしそのほかの無数の日々を、自分は何をもつて満たさう。

「わが生を満たす」という意識が殊更強いのは、二十代の初めに十年にも及ぶ闘病生活を余儀なくされたことと関係がなくはないだろう。

沢木欣一の小説「踏切」の、綾子をモデルにした冬子が、自己の生き方として、人生を美しく浪費させる、と述べる件があるが、これも掲句と全く同様の情意である。

雉子の透きとおってひびきわたる声を綾子は生のしるしのようにこよなく愛した。

からたちの新芽単純希ひ止まず

昭和三十年、四十八歳。『雉子』

枳殻の芽は日にちが経つと三つ葉形を成す。ツンと立ったその葉の形は大まかで素朴であり、それは枳殻の命の原型を思わせる。掲句の「単純」はそこら辺りに通ずるものであろう。「単純」の句は他に《木綿縞着たる単純初日受く》（昭42）と「太郎三つの誕生日」の前書のある《肉親や鯛むしり喰ひ皆単純》（昭28）がある。

木綿縞は最も素朴な織物の原型ともいうべきもので、単純と容易に結びつく。また、肉親が集まり、何憚ることなく、むしり喰うさま、これも命の原型がむんむんとしている。「単純」とは「原型」と置きかえてもよいかもしれない。

これはつまりは綾子の生き方、作句の在り方に通ずるものである。

蜂が吸ふいちじく人は瞬時も老ゆ

昭和三十年、四十八歳。『雉子』

「丹波にて」の前書がある。

この句の季語は「いちじく」。従って蜂は春だがここでは秋の蜂ということになる。

蜂が口吻を入れじっとして口の辺りを頻りに動かし吸うさまは、貪欲なまでに旺盛な生を感ずる。だが人はその瞬間をも老いてゆくギャップ。自註『細見綾子集』には、

　熟したいちぢく（ママ）を縞目のはっきりした蜂が吸う。ぢりぢりとしたいらだたしい時間。


とある。人が老いるのを「瞬時も」と切り込んでいるが、これは蜂が吸う「瞬時」でもある。

綾子はこれより約十九年後、第五句集『伎藝天』のあとがきで、

　私は今一番何が関心事であるかと問われればそれは時間だと答えるであろう。何が尊いかと言われればまた時間だと答えるであろう。

と述べているが、時間を惜しみ時間を詠む綾子がこんなところにもみえる。

砂山の砂ふところに墓しぐれ

昭和三十年、四十八歳。『雉子』

「能登一の宮・折口信夫先生墓のほとり」の前書がある。

折口信夫の墓は羽咋市の気多大社の近くにある。信夫は大阪出身だが、養子の春洋（はるみ）が三十八歳で戦死したのち、春洋の出身地である羽咋に父子の墓を建立した。のちに信夫もここに眠ることになるのだが、それは日本海を見晴らす松林の中にある。

羽咋市は金沢からの砂地が延々と続き、能登千里浜の名があるほどで、二人の墓も砂地に建つ。

冷たいしぐれが能登の冬の暗さや墓の寂寞を感じさせるが、「砂ふところ」にあたたかみがある。思いをこめるこんな造語の冴えも手腕である。

他に《松を洩る霰夕映え墓の面》《冬海の紺を見つめて墓白皙》《漁夫の墓詩人の墓の枯れわらび》《冬砂地耕すよ詩人の墓の許》など。

紙漉くや雪の無言の伝はりて

昭和三十一年、四十九歳。『和語』

「富山県八尾紙漉き」の前書がある。

越中八尾の町を抜けて更に山の中へ入った所、雪の立山連峰、飛驒山脈に囲まれた野積川の流域がこの紙漉村である。

作者が訪れた時は雪が深く、四、五尺ほどに積もっていたという。寒灯を吊るし、ただ一人黙々と紙を漉いている。単調な漉き音が繰り返されるばかりで、辺りは物音しない静かさ。

それは外に積もった深い雪の無言のゆえだ。「無音」ではなく「無言」。つまり雪が生きて紙の製成に関わっているのだ。その無言が伝わり紙漉く人と漉き場、それらが一体となって紙を生ましめている。

同時作に《紙干しに出るたび雪の飛驒山脈》《鳶飛んで木の雪落す紙漉き場》《榛の木の根株をゑぐる雪代川》《紙漉女稼ぎを問はれ恥ぢらひぬ》《雪嶺のかがやき集め紙乾く》などがある。

ストーブに石炭をくべ夢多し

昭和三十一年、四十九歳。『和語』

鉄製の達磨ストーブであろう。口を開けると中は真っ赤な炎の世界。眩しく熱いその中へ十能で石炭をくべる。

かつて《ストーヴにてかゞやくことが何処かにある》（昭26）とも詠ったように、金沢のような冬の長く寒い土地ではストーブの温もり自体が夢を感じさせることなのだろう。

春の到来も、吾が子の成長も夢の一つ一つであろうが、この句の一ヶ月ほど後のこと、綾子一家は金沢から東京都武蔵野市に新居を建て移っている。金沢に比べ武蔵野は、春が早く明るい光があり、転居直後の生活を綾子は、《初蝶を見て蔭多き午後となる》《薔薇植ゑし手足のよごれ四月尽》《かんな屑燃えやすくして麦青し》と詠んだが、そういった新生活に向けるあれやこれやも「夢」であったろう。

雪の鳥飛んで行きつく葡萄の木

昭和三十一年、四十九歳。『和語』

雪の中を飛んでいる鳥が止まるところを求めつつ、ついに葡萄の木に止まり得た。

何でもない場面だが、「行きつく」が一気に生動感をもたらし、この一語の非凡さを思う。「葡萄の木」の宙へ伸びた一枝は鳥が辿り着くのに好都合だろう。

聖書ではぶどうの木はイエス・キリストを意味し、さ迷う鳥の拠り所を思わせもする。

この句について、綾子の言葉「葡萄の木でなくちゃいけないわ」が思い出されるが、全く同感である。

能登七尾線辺りの風景。

晩秋や一人の時に桐つつ立つ

昭和三十二年、五十歳。『和語』

晩秋の桐は枝上に卵形の実をたくさん結ぶが、葉は枯れ散り粛条たる様だ。しかし幹はいよいよ黒々として衰えを見せない。

まっすぐに聳えたつさまを一人でいる時一層感じ、それが心の中にも迫って来るのだ。愁思ともつかない何かがあるようだ。

この年の秋、姪の細見永子が清瀬病院に入院、手術をし、綾子は幾度となく見舞ったが、そんなことが陰を落としていたかも知れない。

枯野電車の終着駅より歩き出す

昭和三十三年、五十一歳。『和語』

「枯野電車の終着駅」は寂寞感そのものだが、「歩き出す」に光明がある。

この句は姪の細見永子が清瀬病院に入院手術の為、見舞に通った折のもの。彼女の病気の重い時で、一つの思いに沈みながら歩いていたと後日述懐している。

その辺のことが『花の色』に次のようにある。

　西武線の田無駅から清瀬行きの電車に乗ると、野原に出たように広々とする。私はこの電車を枯野電車と呼んでいる。ぼうぼうとした野原や林の中を通り抜けて行く時、すがれた明るい枯色の日が電車の中に入って来て、人々が浮き上がって見える。……手まどった回復期ではあったが、少しずつ少しずつよくなって、三年目のこの冬は、私を門まで送ってくれるほどになった。

「枯野電車」の造語が秀抜。

母の年越えて蕗煮るうすみどり

昭和三十四年、五十二歳。『和語』

綾子の母は腎臓病を患い、昭和四年、五十一歳で亡くなっている。蕗が好物で、裏畑で採って来ては高野豆腐、ゆば、椎茸などと煮て食膳にのせてくれたという。

そんな母のように綾子もまた蕗を煮る。病弱であっただけに母の年を越えたことに一種の感慨を覚えたのだろう。蕗のうすみどりは、あの手織の木綿縞と同様に母から授かったものといえよう。

蕗や蕗の薹には、そういうことから格別の思い入れがあるようで、《蕗の筋よくとれたれば素直になる》（昭32）《母もせし金網で焼く蕗の薹》（昭44）《生きいそぎ蕗の薹やき焦がしたり》（昭52）《ふきのたう手織の紺をいつくしみ》（昭52）《蕗ゆでて平生心に戻りけり》（昭52）のように多くを作品化している。

ところで綾子の色彩感覚について上野さち子氏は『近代の女流俳句』で、「青の中でも特に緑色に関する使用例が多い。それが年と共にますます増加している」と述べている。

雪解川烏賊(いか)を喰ふ時目にあふれ

昭和三十六年、五十四歳の作。『和語』

「金沢　七句」の前書がある。金沢の浅野川のほとりにある「白糸」という料亭で金沢の人達と句会をした折の句。

『俳句の表情』にはその時のことが次のように記されている。

三月の終りの雪どけで浅野川は奔流と化し、大きな雪塊を次ぎ次ぎと押し流して川を盛り上らせていた。私は息を呑んでその雪解川を見た。

料亭で出された烏賊の糸作りを食べながら見ていた雪解川はとても私の目におさまるものではなかった。

掲句の解釈そのものである。

烏賊の刺身の透き通るような白さ柔らかさ、舌にのせた時の冷たさは雪解川の感触に通ずるものがあるようだ。配合のよろしさである。

同時作は《新しき中洲をつくる雪解川》《雪解川濁れる青が青の上》など。

山吹の茎にみなぎり来し青さ

昭和三十七年、五十五歳。『和語』

山吹は晩春の花だが、この句の季語をどうみるか、花はまだ咲いていない。自註『細見綾子集』には次のようにある。

まだどこにも春の気配の感じられない頃、山吹の茎に青さがのぼって来る。この青さには感動する。わが家の庭の山吹。

とするとこれは冬の終りか或いは春の最先の景、辺りがまだ枯色を呈している時、山吹が息づき命をよみがえらせる、その青さなのだ。春の季語の「草青む」と似た感覚だろうか。この時の綾子は眼前の季節感を的確に表現することだけに集中し、季語という型通りのことは越えてしまっていたかのようである。この句の中にはありありと季節感はある。季節の推移の微妙さに綾子の感性は敏感だ。

「みなぎり来し青さ」と一気にたたみかけたところに勢いがあり、春の息吹を高めている。

蕗の薹喰べる空気を汚さずに

昭和三十七年、五十五歳。『和語』

蕗の薹はまだ冬だと思う寒さの中で出はじめる。凛と澄んだ空気が肌を刺すような日にふと顔をのぞかせた花芽を見つけ、春の到来を実感したりする。

生きることはもとより空気を汚すことに他ならない。食べることも然りである。しかし蕗の薹を食べる時、空気を汚さないという感覚が清々しい。独特の香り、色などにもよるものだろう。

《柿の朱を点じたる空こはれずに》(昭39)の句について綾子は「風」昭和四十五年三月号の座談会「句集『和語』をめぐって」で、

私はそういう句をつくるときあんまり考えないんです。実感といったら言葉がおかしいんですけれども、なるべく自分の受け取ったその通りのことを、なるべくそこなわないで、一番正直なところで言いたいなとはいつも思うんですけど。

と述べているが、掲句はそんなところから生まれた感じがする。

海にちる桜を見むと伊良湖崎

昭和三十七年、五十五歳。『和語』

「伊良湖崎　六句」の前書がある。

伊良湖岬は愛知県渥美半島の先端にある岬。古くは万葉集に詠まれ、芭蕉も「笈の小文」の旅で《鷹一つ見つけてうれし伊良湖崎》と詠んでいる。

岬の断崖に桜の木があって、花びらが青い海へ散り込んでいる。綾子はこれを見ようとはるばる伊良湖岬までやって来た。

「海にちる桜」には、美しさとともに、そこはかとない感傷が漂っている。

同時作に《桜白し海で死にたる命の墓》《岬の墓彼岸桜の葉を見とどけ》《大蘇鉄の根に腰おろし金魚売り》などがある。

能登の柚子一枚の葉が強くつく

昭和三十七年、五十五歳。『和語』

柚子に一枚の葉が強くついていたことに能登の柚子への思いを深くした。青々とした葉、黄色に熟れた柚子、そしてそれを育む頑丈な木、その土壌としての晩秋の能登。そういう能登の風土がこの句の支えになっている。

自註『細見綾子集』に、

能登は時雨の来るのが早い。時雨が来るたびに柚子の色がよくなる。

と書いているが、即物具象、対象把握の的確さが際立っており、初期の叙情的な作風と趣を異にしている。この点については綾子自身「風」昭四十五年三月号の座談会で、「わりとはっきりしたカッチリした句をつくるでしょう、あなた（欣一、筆者註）が。だから、そういうところ影響されてきているんと思うんです」と述べている。

この傾向は『冬薔薇』辺りからはじまり、《早春の山笹にある日の粗らさ》（昭21）《寒卵二つ置きたり相寄らず》（昭25）《初冬や行李の底の木綿縞》（昭29）《雪合羽汽車に乗る時ひきずれり》（昭29）《夜学教師の髪の漆黒走り梅雨》（昭33）などに見られる。

胸うすき日本の女菖蒲見に

昭和三十八年、五十六歳。『和語』

菖蒲は花菖蒲とは別種で、花は細く目立たない黄色で地味な花である。愛でる花としてより行事の具としての方が馴染み深く、端午の節句に軒にかけたり風呂に入れたりする。

「日本の女」は勿論綾子自身で、西洋とは異なる日本女性の体型を持った女である。和服を纏った特別意識的な誇りのようなものもあろうか。

この句の系譜を辿ると、《あやめ見にゆくと女等裾つらね》(昭29)があり、和服姿らしい作者が登場してくる。

掲句もやはり着物なればこその「胸うすき」である。

鶏頭の頭に雀乗る吾が曼陀羅

昭和三十九年、五十七歳。『和語』

曼陀羅は密教で悟りの世界を象徴するものとして、諸仏・菩薩および神々を網羅して描いた図だが、掲句の曼陀羅は平たく極楽浄土ぐらいに考えるとわかりやすいかと思う。

この句の背景は『曼陀羅』の「あとがき」に明らかである。

秋も末、庭上に残った鶏頭の実をついばもうと毎日雀たちが来て、かきついたり、ぶらさがったり、転び落ちたり、争って鶏冠の上に乗りたがり、大きな鶏冠の上に乗って黒く光った種をついばむのは、雀らの至楽のさまに思われた。曼陀羅という言葉を連想させ、私の曼陀羅はここらあたりかと思われた。

解釈としてこれ以上つけ加えることはない。

おもしろいのは鶏頭に曼陀羅を連想したということである。綾子の心の中には常に鶏頭があり、これまでもことあるごとに鶏頭に存問してきた。鶏頭なればこその曼陀羅であるのだ。

画家来(きた)る大鶏頭を抜きし日に

昭和三十九年、五十七歳。『和語』

この句には、『花の色』に作者の次の様な一文がある。

去年の鶏頭は実際不思議だった。いつまでもつっ立っていて引き抜く時がなく、やっと年末になって取り除いたら、大変な根をもっていて、抜いた跡にぽっかり大きな穴があいた。

牡丹切つて気の衰へし夕かな

と蕪村の句にあるけれども、それと似通った気持ちがした。その日画家の来訪があった。新進の洋画家で、油の乗りきった時期らしく、意欲的な仕事をしている人である。

太い茎、高い丈、冬になっても衰えない色つやと強い根、そういう鶏頭自体常識を外れたおかしみがあるが、それを抜いた日の大穴へ画家が来たことが妙におかしい。

綾子の俳句について沢木欣一は「風」昭和五十年六月号で「綾子俳句は総じて笑いの要素が強い。人物もそうである」と評しているが、掲句の即興的で独特のおかしさはやはり綾子ならではである。

餅のかびけづりをり大切な時間

昭和四十年、五十八歳。『和語』

掲句は「餅のかびを削るようなことに大切な時間を費している」という意味ではない。「餅のかびをけづることにも意味があり、削っている時間そのものは大切な時間」というような意味かと思う。

小さなことを大切なことと肯定する生き方はやはり俳人綾子である。大きなことは勿論大切であり、全てを肯定するのである。

何をしていても時間は大切で綾子にとって時間は最大の関心事であった。

次のような句にも時間を惜しむ気持が読みとれる。

《冬山や惜しき月日が今も過ぐ》（昭16）《山萩の房々とせし時は過ぐ》（昭17）《山吹の咲きたる日々も行かしめつ》（昭19）《蕗の葉に蟻ゐることも子の歳月》（昭26）《音もなく足袋のつぎしてゐし時間》（昭28）。

冴え返る匙を落して拾ふとき

昭和四十年、五十八歳。『和語』

「冴え返る」は、春、暖かくなりかけた時に急に寒さが戻ることをいう。寒気が弛み、寒さから解放された心の弛みがある時だけに、気温の割に寒く感ずることがある。匙の固い金属音と拾う時の冷たい感触が、冴え返る空気を感じさせる。日常身辺を自在に切り取り、季節感豊かに詠むのは作者の独擅場である。

自註『細見綾子集』に、

「冴え返る」、この言葉どおりの時期がしばらくある。落した匙はそれを知っているような音をたてた。

とある。

青梅を洗ひ上げたり何の安堵

昭和四十年、五十八歳。『和語』

青々と弾けるような梅を一粒一粒丁寧に洗った。笊に山のように洗い上げるとホッとしたが、これは一体どこから来る安堵かと自問したのである。ただ青梅を洗い上げた事のみの安堵ではない。何かわからないが、名状しがたい安堵。

掲句のように家事に信頼を置き、それに没頭している自分を客観視するような句が他にもある。

《暮らしとはこのやうに茎漬もして》（昭15）《梅漬ける甲斐あることをするやうに》（昭22）《餅のかびけづりをり大切な時間》（昭40）。

綾子は数多くの家事の句を肯定的にうたってはいるが、いわゆる「主婦俳句」「台所俳句」とはやや異なり、微妙な心の陰翳がある。

もぎたての白桃全面にて息す

昭和四十年、五十八歳。『和語』

捥ぎたての白桃を手の平か卓の上にのせて眺めているのだろう。みずみずしく、ずっしりとした内部の充実感がある。

「息す」は擬人化。柔らかな肌に白い産毛、命のかたまりのような質感を持ったこの桃は、さながら全身で生きようとする生まれたばかりの赤子、その鼓動までも伝わって来るようである。

丹波の桃については綾子には特別の思い出がある。『私の歳時記』によれば、まだ結婚する前、沢木欣一が朝鮮の両親の許から帰京する途中、丹波へ寄った時の事で、

丁度白桃の時期で、近くの桃畠からもぎたてを持って来て、彼は夜の卓に置かれた白桃を美しいと言った。実際その白桃は見事であった。少しもそこなわれずに、今生まれたように目の前にあった。

と書かれている。

晩年の文字やすすきのごと華やぐ

昭和四十年、五十八歳。『和語』

「島崎・木村家を訪ふ、良寛終焉の地　五句」の前書がある。この時の事が、
　旧家らしい古い門を入り、座敷いっぱいに掛け拡げられた良寛遺墨を見せてもらった。前からいつか一度、と念願していたので、今、秋日さし込む座敷で親しくその見事な筆の跡に接することはありがたかった」「最晩年の書というのがあり、ことにうるわしかった。

　良寛の書はたいてい淡墨で書かれており、柔らかい、あたたかいけれどもその中に鋭さのあるものである。

と、『花の色』に書かれている。掲句は「すすきのごと華やぐ」が秀抜。すすきは一見地味だが、群がって風に揺れたりする様は壮観で、正に華やぎがある。

　良寛は二十二歳で禅宗の道に入っている。諸国を行脚するうちに家運は傾き窮乏に陥り、七十四歳で一人の尼に看取られて亡くなった。性格恬淡、人格高潔な人柄として知られている。「すすきのごと華やぐ」は、このような良寛を髣髴とさせるようでもある。

山折れてふところなすに遅桜

昭和四十一年、五十九歳。『和語』

この句、「山折れてふところなす」が秀抜。花の季節も過ぎたかと思う頃、ポッと現れた遅桜。山はそれを守るかのように折れ曲がってふところを成しているのだ。遅桜に寄せる思いのほどである。

綾子は『和語』のあとがきで、

言葉を洗いたい。そして日本の言葉との新しい出会を求めてゆきたいと考えている。

と述べているが、「山折れて」はまさにそういった言葉ではないだろうか。

自註『細見綾子集』には、

信越線沿線、山の深いふところにおくれて咲いた桜。山の線が鋭くふところが深い。

とある。

木綿縞着たる単純初日受く

昭和四十二年、六十歳。『和語』

綾子は母の手織の紺地の木綿縞を二枚持っている。縞の粗いのと細かいので、毎年正月にはこれを着るという。

手織木綿に身を包み、初日を受けている自分を「単純」と言いきったところが面白い。木綿縞そのものもまた素朴であり単純である。

単純について綾子は「風」昭和四十五年三月号の座談会で、

わたし、単純でありありとしたものをつかみたいといつも思ってきて、今でもそう思っています。みずみずしく単純で、ありありとそれが在るようなもの。

と述べている。

「単純」を詠んだ句は他に、《濁り酒酔ひし単純木瓜の花》（昭24）《からたちの新芽単純希ひ止まず》（昭30）や「太郎三つの誕生日」の前書を付す《肉親や鯛むしり喰ひ皆単純》（昭28）がある。また《夏帯の単色は吾が性となり》（昭16）の句もあり、単純志向をかなり以前から持ち続けていることがわかる。

寒夕焼終れりすべて終りしごと

昭和四十二年、六十歳。『和語』

寒夕焼は一般的に淡く束の間のものとされるが、寒さの中で濃く赤くいつまでも燃えるようなものもある。この句の場合は後者であろう。自註『細見綾子集』にも、

寒に入ると夕焼がひときわ美しくなる。大げさにいうなら栄光に満ちている。

とある。寒夕焼が終ると一転重苦しい闇となる。そのギャップ。栄光から奈落へ。「すべて終りしごと」はこの世の終末を暗示するかりようで凄まじく、それだけに寒夕焼のはかなさと美しさを際立たせている。同じ傾向の句に、《炎天に焔となりて燃え去りし》（昭24）がある。

青い一枚の空の下の炎天、ものを燃やしたら忽ち焔となって燃え去った。

と自註『細見綾子集』にあるが、これも激しさの粋を切り取ったような句である。寒空に炎天に、赫赫と燃えるものを見つめ、それらの激しさ、はかなさに自らを託そうとする。

豆飯を喰ぶとき親子つながりて

昭和四十二年、六十歳。『和語』

豆飯は、蚕豆や豌豆を白米に混ぜて味をつけ炊いた飯。

この句には「太郎、交通事故　二句」の前書があり、《ゑんどう飯幾度か喰ひ傷癒えぬ》に続く句。

太郎はこの時十七歳、もはや親の手の内にはいない。自我に目覚め精神的に離乳し、親にとっては一抹の淋しさを感ずるところでもある。だが、豆飯が、親子のつながりをもたらしたのである。

豆飯の素朴さ、懐かしさ、そしてそれを食する充足感、打ち解けた心がそんなところから生まれた。

「つながりて」に、莢の豆の繫がりが連想される。

おほばこの花の若さを詠ひたし

昭和四十二年、六十歳。『和語』

「神宮外苑　二句」の前書があるうちの一句。

おおばこの花について、『花の色』に作者の次の様な一文がある。

おおばこはまるい葉を地に敷くようにむらがり生え、梅雨の頃、二、三寸の茎がのびて白い小さい花がつく。これほど目立たない花はあるまい。どこにでも生えて、踏まれるためにあるような草にも、時がくれば花の咲くのが大変おもしろい。

花を咲かせようとしてすっくと立ちあがった青い茎と白い花の清新さ、何にも増して清新だと言いたいほどだ。大きく立派な花の美しさに少しも劣らない。いやこの目立たない小さなものにこそ天地があると思う。

この文に「おほばこの花の若さ」は余すところなく述べられている。「詠ひたし」というストレートな表現に、おおばこの花への熱い思いが伝わる。綾子還暦の心情吐露ともいえる。

紫蘇の花咲く一隅がわが一隅

昭和四十二年、六十歳。『和語』

紫蘇の花は晩夏に淡紫色の小花をつけて香り、誠に愛らしい。この花の咲く一隅に自分の小さな天地があるという。

　自分は花に優劣はつけたくなくて、なずなの花も犬ふぐりの花も一所懸命に咲いている
　美しさがあると思う。

と『花の色』にあるが、小さな紫蘇の花の懸命に咲く美しさに自己の居場所を重ね合わせているのだ。

綾子には《ポストへの径吾が径に山茶花散る》（昭43）もある。「わが一隅」や「わが径」のように日常の何でもない所に自己の世界を見出だす心の豊かさを思う。

山葵田を経めぐりし水さらに落つ

昭和四十三年、六十一歳の作。『和語』

掲句は家族で伊豆を旅行した折、天城山中で詠んだもの。

この水の描写は「経めぐりし水」で切れ、それで終わるかに見えるところを「さらに落つ」と続き、意表を衝く。そして読者は水の行方の茫々たる方へ思いを至すのである。また、「さらに落つ」は単なる描写にとどまらず、水の、そして万物の輪廻まで想起させられるのである。

自註『細見綾子集』には次のようにある。

天城の山葵田は傾斜が急で、水路がよく見える。経めぐった水は更に落ちてそれからどうなるのかと思う。

同様の手法は次の句にも見ることが出来る。《螢火の明滅滅の深かりき》(昭52)。

虹飛んで来たるかといふ合歓の花

昭和四十三年、六十一歳。『伎藝天』（「昭和四十三年拾遺」）

合歓の花は梅雨も終りの頃に咲く。絹糸を無数に集め広げたようなその花は雄蕊で、軸は白から末広がりにやわらかい紅色となる。

「まるで大空の虹が飛んで来たかのようなよく似た合歓の花よ」の意。合歓の花を虹に喩えて一層のやさしさ美しさがあるが、その虹が飛んで来たという発想には飛躍があり、メルヘン調である。

「か」の軽い疑問によるぼかし、「といふ」の間接的表現による間の置き具合が句を柔らかくして効果的。

自註『細見綾子集』には、

合歓の花は虹と同じだ。花のつきようがまたすこぶる変っている。どこからか飛んで来て仮りにとまったとしか思われない。

とある。

綾子六十一歳の童心的詩心を見る。

穂すすきの群るる山越え愛語の書

昭和四十三年、六十一歳。『和語』

「越後、島崎に良寛遺跡を訪ふ　八句」の前書がある。島崎の木村家は昭和四十年九月二十日に初めて訪れており、この句は二度目の時。

「愛語の書」は道元の「正法眼蔵」の一節を書いたもので、良寛が晩年、亡くなるまで身を寄せた木村家に愛蔵されている。「愛語ト云ハ衆生ヲ見ルニマヅ慈愛ノ心ヲオコシ顧愛ノ言語ヲホドコスナリ」で始まる十九行の書である。

良寛の書は一般的にやや右肩上がり、薄墨の細字、伸び伸びとして枯れた感じがするが、愛語の書は楷書で一字一字丁寧に書かれ、張りつめた感がある。

白い穂すすきの群るるさまは、そんな書に白いやわらかさを添え讃えている。

同時作に、《終ひの家あやめの返り花一花》《遺墨見て越後炉ばたの灰かぶる》《庵跡の蔵の木目に銀杏散る》など。

紙反古に埋まり十一月ぬくし

昭和四十三年、六十一歳。『伎藝天』（「昭和四十三年拾遺」）

十一月は初旬に立冬を迎えるが、そんなに寒くはなく天候が定まって静かな日和が続く。一室に籠ってものを書いているのだろう。書き損ねた原稿や不要になったメモなどが丸められ、屑籠はあふれんばかりで、そんな紙反古の温かい質感とともに十一月のぬくさを感じているのだ。「紙反古に埋まり」におかしみがある。

綾子はかつて《峠見ゆ十一月のむなしさに》（昭21）と感傷性を詠み、掲句の十一月とは対照的である。

「感傷からおかしへ」、綾子二十年の移り変わりをこんなところに見ることができるかもしれない。

枯れに向き重き辞書繰る言葉は花

昭和四十三年、六十一歳。『伎藝天』（「昭和四十三年拾遺」）

自註『細見綾子集』に、

探して見つかった言葉に枯れの日がさして言葉は花だという思いがひらめいた。

とある。

『和語』のあとがきに、

私は四十年俳句を作ってきて、今日この頃日本の言葉の美しさに向き直るような気持ちでいる。

とあり、「言葉は花」の背景を明らかにしている。

また別にも「自分の俳句で日本の風土を磨きたい」（『細見綾子聞き書』）と述べているが、俳句の言葉の美しさを根底にした言である。

重い辞書を繰るのは、作句の一語を探していたのだ。辞書の中では客観的な一語にすぎないが、それが俳句に組み込まれた瞬間に花と輝き出す。「言葉は花」とはそういうことであろう。心髄を衝いて句に広がりがある。

灌仏会野山急なる明るさに

昭和四十四年、六十二歳。『伎藝天』

灌仏会は四月八日、釈迦の誕生を祝う法会。美しい花で屋根を葺いた花御堂に誕生仏を安置して参詣人に甘茶を灌がせる。この甘茶は産湯の意味を持つ。

春先のうすら寒さも、三月のお彼岸辺りから和らぎ、山々の若葉は鮮やかに、野の花も咲き始め、灌仏会の頃は春たけなわになる。「野山急なる明るさに」は、そんな一度に来た春の躍動的な光景をいっているが、その中には甘茶をもらいにいく子供の声や、参詣人の賑わいも交じっていよう。

この句は子供の頃を回想しての作で、山国丹波の長く寒い冬の後の春が背景となっている。が、何よりも釈迦の降誕を祝福する気持が「急なる明るさ」を感ぜしめたのである。

一連の句として《灌仏会摘みしれんげはすぐ萎(しな)へ》《甘茶てふ語の甘かりし灌仏会》《空き瓶の甘茶を帰路に少し飲む》《灌仏会ぬぎし草履はふところに》《山裾の三椏の花灌仏会》がある。

木蓮のため無傷なる空となる

昭和四十四年、六十二歳。『伎藝天』

「無傷なる空」とは普通に考えれば晴れ渡った空であろう。青空をバックに白木蓮が映える。しかしそうばかりではなく、木蓮を美しくする空が無傷な空なのではないか、晴れ渡らなくても。掲句の木蓮はさぞ美しい木蓮だったに違いない。空の完璧さは、とりもなおさず木蓮の完璧な美しさのためである。

木蓮は木にあっても端から錆びて傷みやすく、咲き揃って完全な姿を見せるのはわずかの間、その完璧さの為に空が応えたのである。

掲句とよく似た句に《柿の朱を点じたる空こはれずに》（昭39）がある。「こはれずに」に大胆な新鮮さがある。

もう一つ、『花の色』に載る「梅」と題する随筆の次の件に、綾子の繊細な美意識を思う。

梅の花はどういうものか、切り枝にすると、つまらない。清澄な空気が必要である。広い虚空が必要なのである。私たちは梅の花を見て、ほんとうは虚空をたのしんでいるのかもしれない。

仏像のまなじりに萩走り咲く

昭和四十四年、六十二歳。『伎藝天』

「新薬師寺　四句」の前書があり、この仏像は薬師如来と思われる。この句については、『花の色』に次のような文がある。

新薬師寺の庭は青い一面の萩叢の中に一本だけポチリと咲いていた。紅い、どこにでもあるような萩だが、この庭に咲いていることで何か好かった。（中略）一本二十円の小ロウソクの献燈をして私は外へ出た。萩叢に風がでてやや涼しくなっていた。萩の花はその時見つけたのである。あたかも私が仏像を見ているその間に咲いたかのように。

堂内に安置された仏像と萩は離れた位置にあるのだが、そのまなじりの方に萩が咲いていた。千年の時を経た薬師如来の静謐な目の端に、今咲いたかのような走り萩の新鮮さ。「紅い、どこにでもあるような萩」が格別な美しさを帯びるのである。

仏見て失はぬ間に桃喰めり

昭和四十四年、六十二歳。『伎藝天』

この年奈良へ一人旅をし十数句をものしているが、そのうちの一句。千年の仏像を拝観した感動、充実感が時の経過とともに失われるような気がして、失わぬ間に急いで桃を食べた、というもの。

精神の充実を食に置き換え持続させようとした点が実におかしい。

綾子はこの時の桃を《一点の紅もささざる奈良白桃》《桃喰みてつゆ落すなり古土に》《日除すだれの縞目の影の白桃よ》と詠み、かつては丹波の桃を《もぎたての白桃全面にて息す》（昭40）《白桃の熟して己れ全うす》（昭40）と詠んでいる。桃のみずみずしい充実感こそ仏を見た感動に足るものであったのである。

木村雨山の坐り姿の初冬なる

昭和四十四年、六十二歳。『伎藝天』

「加賀友禅無形文化財木村雨山さん　四句」の前書がある。この年十一月、「風」北陸大会の折、友禅工房を見学した。

木村雨山は加賀友禅作家の筆頭者。それまでの友禅に新しい技法「ぼかし」を取り入れ、独自の芸術境地を切り開いた。綾子が工房を訪れた時は八十歳近くの古老であった。工房着に身を包み、伝統芸術に没頭する坐り姿、そこに金沢という土地の初冬の趣きを感じたのである。『花の色』に、この時のことを書いた綾子の次のような文章がある。

十一月はじめの金沢はもう初冬、時雨の季節に入っていた。和服に角帯をしめて、実直に坐っている雨山さんは芸術家というようなイメージからは遠かった。何の飾り気もなく、色気らしいものもなく、茶人のような風格があった。わび・さびを友とする茶人、それが最もふさわしい趣であった。

雨山氏の案出した「ぼかし」を、綾子は金沢の「時雨と雪のにじみ」（同）といっている。

赤多き加賀友禅にしぐれ来る

昭和四十四年、六十二歳。『伎藝天』

同じく「加賀友禅無形文化財木村雨山さん　四句」中の句。

加賀友禅は、藍、臙脂、古代紫などの基調色に「ぼかし」を入れるのが特徴。

木村雨山は加賀友禅で唯一人間国宝になった染色家で、写生による図案を日本画の技法を用いて描く。

自註『細見綾子集』に、

　木村雨山さんの工房で赤の多い振袖の下絵を見せて貰った。加賀友禅の赤に降るその日のしぐれ。


とある。

友禅にしぐれがさーっと来てその赤がやや翳りを帯びる。しぐれ色の翳りがまた何ともいえない風土的味わいをもたらすのだ。

このような色彩美は綾子俳句の特徴である。赤の他に青、緑など鮮やかなものが多い。

家の裏ばかり流れて冬の川

昭和四十四年、六十二歳。『伎藝天』

「金沢にて　三句」の前書がある。

冬の渇水期の川は目立って流れが細くなる。泥のついた枯草や石が露わになっていたり、岸辺に薄い氷が張ったりして寒々とひっそりしている。

その川が、冬囲いをして静まりかえった家並みの裏ばかり流れていく。流域の人々の生活用水としての川であろう。陰鬱で寒々しく、どんよりと暗い空をも連想させるような金沢の冬の川。

綾子は昭和二十二年から約八年半金沢に在住しているが、金沢人としての眼が捉えた作である。

藪からしも枯れてゆく時みやびやか

昭和四十五年、六十三歳。『伎藝天』

藪からしは初秋に淡緑色の小花をつける。花はとても可憐だが、野や藪どこにでも絡みつき、これが繁茂すると藪でも枯れるというのでこの名がついた。

そんな藪からしは、粗野なイメージもあるが、それにみやびを見るのは枯れざまの哀れなればこそであろう。

美といってもありきたりの、ただ人が美しいと教えてくれたようなものじゃなくて、どんな汚い物も美しいと見るような見方、人が今まで見つけなかったような美、そんな気持ちで俳句しているわけです。

と「風」昭和五十六年二月号の「新春に語る」で綾子は述べている。

早春の寺山吹の茎もつれ

昭和四十五年、六十三歳。『伎藝天』

この句の山吹は芽吹きの青い葉が鮮やかに出始めた頃のもので、それが絡まりもつれ合っている様は野趣豊かである。「深大寺　三句」の前書があるが、山吹の無造作なさまに春の息吹濃い寺のたたずまいが感じられる。

また、山吹の質感を出しているが、質感はものの命に通ずるもので、綾子俳句の重要な部分を占めている。

たとえば《早春の山笹にある日の粗さ》（昭21）《もぎたての白桃全面にて息す》（昭40）《枯萩を刈りたりバネの強さあり》（昭45）といった句にも、質感が感じられる。

女身仏に春剥落のつづきをり

昭和四十五年、六十三歳。『伎藝天』

「秋篠寺　九句」の前書がある。女身仏はいうまでもなく伎藝天像である。首部以外は鎌倉時代に補作されたという木彫。端正な顔かたちにしなやかな体軀、女性的な優しさの像である。剥落は黒い顔のまぶたの辺り、鼻の下、肩から胸、手のひらといたるところに激しいようだ。春という生命の再生の中でも剥落を続ける哀れさ美しさ。千年という悠久の時空の中に身を置いた綾子は、この瞬間にも剥落のかすかな音を聞いたかのようである。

伎藝天を「女身仏」としたのは、『伎藝天』のあとがきによると、「その立ち姿に脈うてるものを感じた」からであり、更に『奈良百句』では、

あえて女身仏といったのはこの伎藝天の永遠の、美しさへの私の讃歌である。

と述べている。

「ニョシンブツ」の音もやわらかく、「ハルハクラク」とa音の韻を踏みながら中七下五が畳みかけるように流れており、伎藝天の流麗なさまを思わせるのに十分である。

尚、「春剥落」は綾子の造語である。

観衆の前の鵜観衆を知りてゐし

昭和四十五年、六十三歳。『伎藝天』

「岐阜長良川　三句」の前書がある。
この年五月二十四日、「風」東海大会が岐阜市であり、長良川の鵜飼を見物した。
平安初期、長良川のほとりに七軒の鵜飼をする家があったというから、その歴史は古いが、
いつからか川の水が汚れ鮎が減り、漁獲は少なく、ショーと化している。
この句は実際の鵜飼の景として違和感はなく、誰しもそのように読むであろう。が、自註
『細見綾子集』によれば、

鵜匠は大広間へ鵜をつれて来て実演をした。壇上で鮎をのんで見せた鵜は何もかも知っ
ているらしかった。

とあるから、実際はそうではないようだ。
いずれにしてもショー化したおかしさの中に、鵜のかなしみを漂わせている。
同時作に、《鮎のみて吐き出す仕草二度もせし》がある。

青梅の最も青き時の旅

昭和四十五年、六十三歳。『伎藝天』

「不破の関　三句」の前書がある。「風」東海大会の翌日、不破の関を吟行した。不破の関は歌枕として有名で、芭蕉も貞享元年「野ざらし紀行」の折に訪れている。

掲句は切り取り方が鮮やか。調子がよく口誦性に富む。青梅を見て「最も青き時」といえるのはよほど青梅に関心があるのだろうが、事実『花の色』に次のような一文がある。

八百屋の店先で、はじめてつぶらな青梅を見ると喜ばしくなり、また引き返して来て眺めたりする。

「青」のリフレインと「最も」の促音が軽快なリズム感を生み、旅のすがすがしく弾んだ心持を出している。

綾子は時にこの句の「青き」を「青い」と、口語表現をするが、それはより軽快さを出さんがためであろう。

他の二句は《青梅を枝折りにして喜べる》《二番茶の莚干しなる不破の関》であった。

竹落葉時のひとひらづつ散れり

昭和四十五年、六十三歳。『伎藝天』

これも不破の関にての作。

丁度竹落葉どきでひらひらと散り継いでいたが、それは時がひとひらずつ散っているというもの。

不破の関は天武天皇の六七三年近江京防衛に東山道を押さえるために設置された。約千三百年ほど前のことである。

ここはまた芭蕉が「野ざらし紀行」の折に訪れ、《秋風や藪も畠も不破の関》と詠んだ所でもある。

そんなはるかな時の流れの中で竹落葉がひとひらずつ時をあとへあとへと流しているのだ。

時に関心を持つ綾子ならではの把握であり、芭蕉の詠んだ竹藪を眼前にし、心動かされたとも言える。

錆び鮎のはらわたを喰み顔昏れる

昭和四十五年、六十三歳。『伎藝天』

鮎は冬を海で過ごし、春、若鮎となって川を遡り、初秋の頃再び川の中流に下って川底の砂中に産卵する。産卵の頃には腹部は褐色を呈し、鉄が錆びたような色になるので「錆び鮎」という。

この句、「那須佐久山箒川簗　四句」の前書がある。簗場では生け捕りにした鮎をその場で料理して食べさせてくれる。鮎は藻を食べて生き、はらわたの苦み、渋み、香気を愛でるのだが、子を孕んだ錆び鮎は格別な味がする。が、孕み鮎ということが綾子の心を曇らす。「顔昏れる」がそれである。

同時作に《簗の簀をはらみ蟷螂歩み去る》があるが、掲句と同様はらみ蟷螂に母性を感じさせる。

柚子煮詰む透明は喜びに似て

昭和四十五年、六十三歳。『伎藝天』

柚子の皮を細かく刻み、砂糖と共に火にかける。最初は濁っているが、表皮のゼラチンの作用で次第に透明になる。この透明を喜びとは言い得ている。透明には夢のようなもの感ずるし、次第に出来上がっていく期待感でもあるだろう。辺りに充満する香気も含め、これらは全てよろこびである。

綾子は日常の何にでも興味を持ち、何でも面白がって句にするが、自身の作句態度について「風」昭和五十六年二月号で次のように述べている。

感じた時の原点に立ち帰って、原点を大事にして、自分はそこに触発されてるんだから、句づらだけをよくしようと思わないで、自分の目とか心をすごく大事にしないといけないと思います。

例えば《ストーヴにてかゞやくことが何処かにある》（昭26）《蕗の薹喰べる空気を汚さずに》（昭37）のような句、また掲句についても原点を大事にという綾子の作句態度が生きている。

春の雨瓦の布目ぬらし去る

昭和四十六年、六十四歳。『伎藝天』

自註『細見綾子集』にはこう書かれている。

武蔵国分寺跡にはまだ布目瓦の破片が落ちている。雨が布目をよみがえらせる。布目瓦とは布目の文様のある瓦。瓦を作る時、瓦の型に粘土が張りつくのを防ぐために間に布を入れるのだが、その跡が残ったもの。

国分寺は七堂伽藍を備えその跡地はかなりの広さを持つが、そこに奈良時代の瓦の破片が落ちていたとは驚く。

色々な模様の布目を春の雨がさあっと濡らすさまは繊細で美しく、はるかなる時代が一瞬甦るかのよう。

何にでも興味を持つ綾子が捉えた瓦の布目。その小さな破片をしげしげと見るさまが眼に浮かぶようだ。

同時作に《国分寺裏山春の落葉せり》《柔らかき蓬礎石の根に生ず》《国分寺跡へのびるを摘みながら》がある。

猪肉の味噌煮この世をぬくもらむ

昭和四十七年、六十五歳。『伎藝天』

「猪肉の味噌煮」は猪鍋のこと。牡丹鍋ともいう。野菜といっしょに煮込み、味噌で味付けする。いわゆる薬喰いの一種で、寒中の保温と滋養に有効。

猪肉は故郷丹波から送って来たものだろうか、今日は寒いというので一家で囲んだのだろう。猪肉のいのちを戴いて現世の命を温めようというのである。「ぬくもらむ」は、自身の意志であり、共に食している家族への呼びかけのようでもある。

同傾向の句に《生くること何もて満たす雉子食ひつつ》（昭30）がある。

浅き水喜び流れ山葵沢

昭和四十七年、六十五歳。『伎藝天』

「長野県安曇山葵田　二十七句」の前書がある。

『伎藝天』は旅吟が多く、句集の約六割半が旅吟で占められている。

因みに他の句集は、『桃は八重』二割弱、『冬薔薇』一割弱、『雉子』約四割、『和語』約四割、『曼陀羅』五割弱となっており、『伎藝天』の多さは際立っている。うち、掲句を含めた「長野県安曇山葵田　二十七句」は圧巻であり、一箇所での作としては他に越前岬の水仙の旅二十七句がある。山葵田と水仙、この凛としたものへ綾子の志向が窺える。

掲句は「喜び流れ」が眼目。水の清冽さ、せせらぎの軽やかな音、その水に洗われ育つ山葵などが目に浮かぶ。「喜び流れ」はその時の気分の投影である。

他に《ふる雪の水の明るさ山葵沢》《二ヶ月の雪が山葵のみどりに降る》《山葵田の透明の水雪を呼ぶ》《水流れ雪ふることをこばまずに》《砂と石寄せてわさびの根をあづける》など、透明感のある美しい句が多い。

さうめんが川に沈める紙漉村

昭和四十七年、六十五歳。『伎藝天』

「京都府黒谷　五句」の前書があり、自註『細見綾子集』に、

　京都府黒谷の紙漉村。川をはさんで両側は皆紙漉く家だった。丁度旧盆で紙漉川にそうめんが白く沈んでいた。

とある。

川は紙を漉く為ばかりでなく、食を整えたり盆の御霊を迎え、送る川でもある。そうめんは恐らく霊棚にも供えられたであろう。川に拠ってある紙漉村の人々の暮らしが見える。

同時作に《紙漉きて峡をいでざる人に盆》《紙漉女盆のあぶらげ笊に買ふ》《紙漉村洗ひ干されし盆浴衣》《老いゆくもたのし葛咲き楮さらす》がある。

鵜飼宿くさぎの花の暗みなす

昭和四十七年、六十五歳。『伎藝天』

「岐阜県小瀬　七句」の前書がある。

関市小瀬は岐阜市から北へ約二十キロ、長良川の上流に位置する。小瀬鵜飼は岐阜の鵜飼ほど観光化されておらず、こじんまりと鄙びた印象がある。

この句の鵜飼宿は、十六代鵜匠足立芳男方。鵜小屋続きの母屋をそのまま宿泊所にしている。くさぎの花は、一・五メートルから三メートルになる野生の花で、葉に一種独特の臭気がある。

掲句は、さり気ない物言いであるが、鵜飼宿の鄙びた感じを出している。

同時作の《鵜飼宿火虫の多き裸燈あり》も同様で、こういったさり気なさをそのままに掬い雰囲気を出すのは綾子の身上である。

他には《日輪のかすれ昏れゆく鵜飼川》《日暮蟬急に鳴き出す鵜飼宿》《鵜飼待つ日暮れの山に向き合ひて》《疲れ鵜の漆黒を大抱へにし》などがある。

切り立ての水仙包む新萱菰

昭和四十七年、六十五歳。『伎藝天』

「越前岬　二十七句」の前書がある。

水仙は十二月から二、三月にかけて咲き、越前岬では山の傾斜面に育てた水仙を切り花にして出荷する。

男たちが出かせぎに出た真冬の水仙の切り出しや出荷は女たちの仕事である。冬の風と雪の中を水仙山へのぼり、鎌で切って束ねては籠に背負い日本海の荒波を眼下に降りて来る。出荷場では水仙が傷まないように菰を着せるのだが、それは岩山に生えた丈夫な芒を刈り取ってきて編む。

掲句の、新しい萱菰に女たちの精魂がこもる。

他に《水仙の切り時といふよかりけり》《荒磯に雨しぶく日の水仙花》《水仙結ふ腰藁しごきしごきけり》《水仙を背負ひて海に降り来たる》《枯山を焼きて育てし水仙よ》など。

山繭のさみどり春のさきがけか

昭和四十八年、六十六歳。『伎藝天』

山繭の季節は夏だが、成虫が飛びたった後そのまま枝に垂れて残っているものを見る。木々の枯れ枯れの中、このさみどりは印象的だ。

自註『細見綾子集』に、

二月の山歩きをして木の枝に山繭を見つけた。不思議に新鮮なみどりだ。

とある。

また、「みどり」についてその著『花の色』に、

みどりの種類は、何百とあるそうだけれど、蕗の薹のみどりはこのものだけのものであろう。厳密に言えば、この日、この時だけのもの、私とのかかわりにおいてのみの色ともいえるであろう。

という件があるが、山繭のさみどりもまた同様のものであったはずだ。「春のさきがけか」の張りとひびきに気息の充実がある。

ぱらついて雨は霞となつてしまふ

昭和四十八年、六十六歳。『伎藝天』

「山の辺の道　十九句」の前書がある。

この年二月十七日、大阪市第一生命ビルでの「風」大阪句会に出席。翌日山の辺の道を吟行している。

山の辺の道は日本最古の道で古事記にもその名が見られる。奈良盆地東南の三輪山のふもとから春日山のふもとまで南北に三十五キロメートル、幅二メートル足らずの道。奈良盆地はその地形のゆえに霞が立つことが多く、万葉集にもしばしば登場する。

掲句は雨が霞に変ずる面白さと美しさがある。その面白さを支えているのが「ぱらついて」「なつてしまふ」であり、両者を無造作にパッと投げ出し畳みかけるように言いきって、妙な実感がある。『奈良百句』にこの時のことが次のようにある。

初瀬川を超え桜井へ行く道で雨になった。突然ばらばらと降って来た雨はしばらくして止んだと思うと、たちまち一面の濃い霞となり取り巻かれてしまった。

山吹の枝長過ぎし枕上み

昭和四十八年、六十六歳。『伎藝天』

綾子はこの年の四月から五月の約二ヶ月間、胆石除去手術の為、入院した。これはその時の句で、自註『細見綾子集』に、

この年の春病気で東京女子医大へ入院した。庭に咲いた山吹を持って来て枕頭に挿してくれた。枝が長すぎて顔にかぶさった。

とある。

「長過ぎし」がおかしい。庭で切ったそのままを投げ入れたのであろう。しかし、長過ぎる枝に山吹らしい風情があるともいえよう。

《男が挿す冬薔薇一本づつ離れ》（昭37）にはいかにも無骨な男の手が見えるが、掲句の山吹もまた、男の手によるものだ。

鶏頭の一本立ちも放光寺

昭和四十八年、六十六歳。『伎藝天』

「山梨、放光寺　三句」の前書がある。

放光寺を訪れたのは昭和四十八年秋、「風」の大会の折である。放光寺は真言宗の古寺で、平安朝の山岳仏教として建立された。

掲句は放光寺という場所にあって「一本立ち」が言い得ている。

《鶏頭を三尺離れもの思ふ》（昭21）《画家来る大鶏頭を抜きし日に》（昭39）《鶏頭は次第におのがじし立てり》（昭46）など、鶏頭の強く自立した姿に綾子の目は注がれる。

「一本立ち」といった凝縮性のある語や造語ともいえるものが句を支える例が他にもある。

《砂山の砂ふところに墓しぐれ》（昭30）《女身仏に春剝落のつづきをり》（昭45）《サフランを誰かが買へり枯燈台》（昭49）の「砂ふところ」「春剝落」「枯燈台」などである。

うららかさどこか突抜け年の暮

昭和四十八年、六十六歳。『伎藝天』

年の暮の異常とも思えるうららかさを詠んでいるのだが、「どこか突抜け」はその大気のつかみどころのなさを的確に言い止め、見事。自身の句を余りいじらない綾子だが、この句も恐らく即刻に言い止めたものだろう。

おかしみを湛えたゆったりとおおどかな年の暮。

この句の後にある《昼は晴れ夜は月が出て年の暮》にも明るく平和な年の暮の様子がある。

春立ちし明るさの声発すべし

昭和四十九年、六十七歳。『曼陀羅』

大寒を過ぎたころから日の光に違いが見え始め、春への期待が生まれる。それが次第に色濃くなって、その頂点が立春である。揭句は待ちに待ってついに春が来たよろこびが一気にほとばしり出たかの感がある。

「発すべし」には春に呼応せんとする強い昂揚感がある。

深く自然に参入するのは師の松瀬青々を受け継ぐものだが、これだけ強い口調の句は余り見当たらない。

岸川素粒子氏は、この句の「背景にはかつての金沢など、日本海側の生活体験が色濃く反映していると思われる」（沢木欣一編『細見綾子俳句鑑賞』）と述べている。

まんさくは煙りのごとし近かよりても

昭和四十九年、六十七歳。『曼陀羅』

まんさくは二月、三月の余寒の頃、他の花に先がけて細かいちぢれた黄色い花を枝尖に群がりつける。

遠くから見ると淡くぼんやりとしてまるで煙のようであるが、近づいてみても花弁の細かなちぢれや色合いは、やはり煙のようである、というもの。「煙」の比喩におかしみがある。純真な感受で、まんさくの頃の淡い空気を感じさせもする。

かつて、《鶏頭を三尺離れもの思ふ》(昭21)《夕方は遠くの曼珠沙華が見ゆ》(昭21)などの句について『花の色』で、

どうも自分は距離に関心を持っていることに気付いた。距離感の中に何かを明瞭ならしめることを好んでいるのかもしれない。

と述べているが、掲句もその一つである。

白鳥に到る暮色を見とどけし

昭和四十九年、六十七歳。『曼陀羅』

「新潟県、瓢湖」の前書がある。

瓢湖（ひょうこ）は、灌漑用人造湖。雪の五頭連峰に囲まれたその湖には毎年シベリアから七百ないし八百羽、多い時には二千羽が飛来するという。

綾子が訪れたのは二月十六日、「風」新潟支部結成記念句会の折である。

白鳥が白さを失いつつうす闇に沈みゆくのは抗いようもなく、白鳥がそうして静かに沈んでゆくことの哀れさ、かなしさ、綾子はそれを心に見とどけたのである。

同時作に、《白鳥はおほかた眠る白鳥湖》《雪山のまなざしのなか白鳥湖》などがある。

桜の実踏まれずにあり卯辰山

昭和四十九年、六十七歳。『曼陀羅』

桜の実は、桜桃よりずっと小さく、食べるのではなく美しさを鑑賞する。卯辰山は金沢人の行楽の場である。綾子は結婚後の八年半を金沢で過ごし、卯辰山は恐らく家族と度々訪れた馴染みのところであろう。

桜の実でも何でも、地に落ちれば大体が踏まれてしまうものだが、踏まれず新鮮なままであったのが、卯辰山の懐しさとともにほのぼのとしたものがあったのだ。

稲刈りのべんたう寺にあづけおき

昭和四十九年、六十七歳。『曼陀羅』

「伊賀柘植　五句」の前書がある。

弁当を寺に預け、昼時には戻ってきて食べる。寺との密接な繋がり、檀家の気安さがある。恐らく勝手に寺のどこかに置いただけなのだろうが、寺に預けたとしたのがおかしい。

『曼陀羅』は「をかし」の多い句集である。右の句の他に、《追儺豆帽子をぬぎて受けるあり》（昭50）《筍がいたづらに伸び色が浜》（昭50）《屠殺場と神学校とさくらつづき》（昭50）《そら豆がおはぐろつけし故郷かな》（昭50）などにもそれが見られる。

沢木欣一は「俳句」昭和五十四年六月号で綾子について、

　女性には珍しい滑稽味のある人物で、それが一つの達観した詩的世界を成しているのが取得であろう。

と述べている。

サフランを誰かが買へり枯燈台

昭和四十九年、六十七歳。『曼陀羅』

この句は、昭和四十九年十一月九日、石川県珠洲市で開かれた「風」北陸大会の翌日、奥能登を吟行した折の句。

冬の早い奥能登は十一月ともなれば草木も枯れ、蕭条たる光景になる。灯台のある珠洲岬も荒く冷たい波がうち寄せていただろう。「枯燈台」はそんな中に寂寥と立つ灯台であり、綾子の造語である。

万象枯れる中、誰かがサフランを買ったということ、そのことに心が和み、またそのサフランの瑠璃色がかった紫は心に灯がともったようであった。

この句について平畑静塔氏は「風」昭和五十三年十月号で、

御自分の心と人の心とがつながる所で俳句が出来たと、はっきり私にうべなおす作品である。

と述べている。

同時作に《奥能登の枯色誰も身につけて》がある。

寒晴れが瓶のあんずに及ぶかな

昭和五十年、六十八歳。『曼陀羅』

寒の内、日本の太平洋側は乾燥した晴天が続く。寒晴れはその頃の晴れ。砂糖漬か酒漬か、夏に漬け込みほの暗い所に置かれた杏、蓋をとるとその中にまで光が入ってきたのだ。寒晴れがそこまで及ぶことのおかしさ。また、

kanbare ga kame no anzuni oyobukana

のように、母音「a」と「n」の繰り返しによる明るさと軽やかさが効果的。

春の雪青菜をゆでてゐたる間も

昭和五十年、六十八歳。『曼陀羅』

春の雪は雪片が大きく、降っては消える明るい雪。青菜は何の菜でも新鮮な青菜であればいい。煮えたぎった湯にパッと入れる。青臭さが広がる。そうやって茹でている間も外は春雪がしきりに降っている。

雪の白と、菜の青の対比が鮮やかであるし、雪の冷たさと、湯の熱さの対比もあり、この句の感覚的広がりを豊かにしている。

「ゆでてゐたる間も」のゆったりとした調べが、落ちついた雰囲気を出しており、綾子の心安らかな感じも伝わってくるのである。

ところで、これより以前に次のような句がある。《菜を煮るもたのしからずや雪の日は》（昭14）《雪の日の厨ごとまづ青菜茹で》（昭49）。これらは冬の句だが掲句は、季語「春の雪」によって季節の広がりと明るさ、やわらかさを得、綾子の代表作になり得た。

梅を見て空の汚れのなきをほむ

昭和五十年、六十八歳。『曼陀羅』

梅は何といっても清純さが身上だろう。ピンと張った青い枝、凜然たる空気がその美しさを支えているのだが、空の青さも梅を一層引き立てる。

が、掲句は逆に背後の汚れのない青空を讃えているのだ。

『花の色』に、

梅の花はどういうものか切り枝にすると、つまらない。青澄な空気が必要である。広い虚空が必要なのである。私たちは梅の花を見て、ほんとうは虚空をたのしんでいるのかもしれない。

とあり、これが句の真意である。

同じ年の作に《青空のまま暮れゆけり桜咲き》があるが、これも空を褒めた句である。

鵯の喧嘩辛夷の花を散らしたり

昭和五十年、六十八歳。『曼陀羅』

鵯は本来は渡り鳥だが、一部日本に居つき、一年中見られる。小鳥の中では身体が大き目で、つんざくような透る声で鳴く。その喧嘩となればけたたましく、清楚な辛夷の花を無惨にも散らしてしまう。綾子はしかしそのことに憤慨などしている様子はない。むしろ大らかに受けとめ、おかしみをすら感じているのだ。『桃は八重』冒頭の《来て見ればほゝけちらして猫柳》（昭5）のような、母性に似たものがある。

牡丹咲きてよりの日数を指折りて

昭和五十年、六十八歳。『曼陀羅』

綾子の庭の牡丹は故郷丹波の家にあったものを移しかえたもので、毎年株を殖やして、多い時には四十もの濃い桃色の花を咲かせる。この花に寄せる綾子の思いは深く、「牡丹日々」という記録を手帖に書きつけたりしている。

『花の色』にも、

咲きはじめて散るまで十日間、この間毎朝、牡丹のために戸を開け、牡丹のために夕方戸を閉ざすのを惜しんだ。牡丹の咲く頃は風雨の日が多い。ほかの花ならばそれほど感じないが、牡丹だけに雨風がつらく当たるように思える。

などとある。

丹精こめた牡丹が、あとどれほど咲き続けるか、咲いて散るまで十日間ならばあと何日か指折り数え、その美しい花の命を惜しむのである。指折り数えるのは幼な児にも似たしぐさだが、牡丹の命をはっきり刻み込んでいるようでもある。

同時作に《牡丹七日いまだ全容くづさざる》《牡丹に雨の荒れざまのこりたり》などがある。

雲ふるるばかりの花野志賀の奥

昭和五十年、六十八歳。『曼陀羅』

『伎藝天』から『曼陀羅』にかけては綾子の旺盛な作句活動に更に拍車がかかり、その自在な感覚の結晶した句が多い。それらを称え、『伎藝天』に「芸術選奨文部大臣賞」、『曼陀羅』に第十三回「蛇笏賞」が授けられた。この時期綾子は精力的に旅をしている。『伎藝天』では全句数の半分以上が、『曼陀羅』では約半数が旅吟で占められている。特にこの年の夏から秋にかけて、北陸、東北、高野山、丹波、奈良、八尾、奥志賀、野沢温泉、金沢、木曾、とほとんどが旅の句で占められ、旅に埋没せんが如きである。

掲句には「奥志賀　八句」の前書がある。九月一日、「風」の連衆と志賀高原に遊んだ折のものである。

九月一日といえばまだ秋のはじめだが、奥志賀では既に盛り。一面の花野に爽やかな風が吹き、足もとに虫の音もきこえていよう。青空の白い雲が下りてきて花野に今にも触れそうな近さである。人の汚れのない大自然の美しさが広がる。

馬宿といふものぞきて秋の暮

昭和五十年、六十八歳。『曼陀羅』

「木曾路　六句」の前書がある。

昭和五十年十月、「風」中部俳句鍛錬大会の折、妻籠で詠んだ句。

妻籠の街道を古い家並や展示物を見て歩きながら、馬宿に行き当たったのである。馬宿とは馬を繋いで預かる宿で、その言葉そのものにそこはかとないおかしさがある。綾子もまたそれを訝しげに覗くのである。山深い木曾、「秋の暮」の感覚の古さがこの句に浸透している。

山本健吉はこの句を評して、「風」昭和五十三年十月号で次のように書いている。

「馬宿」の句、さりげなくてことに面白い。意味もイメージもきわめて希薄なようで、こういう「虚」の世界が、いわば俳諧の空間的ひろがりである。

餅にかびつく頃に咲くすみれあり

昭和五十一年、六十九歳。『曼陀羅』

年の暮に搗いた餅も、年明けて少しあたたかい日が続いたりすると急に黴がつきはじめるが、その代償のように庭先に早いすみれが咲き始めるのだ。季節の微妙な揺れ。季重りだが、すみれに餅のかびを配したのがおかしい。そのおかしさに、ほのぼのとした気分もあるのである。

綾子には季語を重ねて、その狭間の微妙な季節感を表現する特徴があり、『曼陀羅』に多く見られる。《一番茶すんで燕の子が孵へる》（昭49）《麦熟れて雉子の卵のかへる時》（昭50）《蝶蜂も死にて花野の終る時》（昭50）《ひぐらしが鳴きかぶさりぬ蟻地獄》（昭52）などである。

春になる夕べ寒しと言ひながら

昭和五十一年、六十九歳。『曼陀羅』

日中、少しあたたかくなったと思いきや、夕方はやはり寒い。その寒さを言いながら少しずつ春になっていく、の意。

この句も前掲の句と同様、季節の移り変わりの微妙な感覚を詠んでいる。前掲の句が季物を取り合わせたのに対しこの句は季感そのものを叙している。

こういった句のルーツを辿れば昭和十年作の《冬になり冬になりきつてしまはずに》で、この句について、「風」昭和五十年一月号の「新春に語る」で、綾子は次のように述懐している。

この句を青々先生が褒めてくれて『倦鳥』に、秀逸という欄に出してくれて、先生がこの句を選んでくれたことを面白く思いますよ。青々はすごく柔軟な心を持って俳句してたから私が真似したのよ。

他にも《冬といふかそけきものがどこやらに》（昭10）《春暁のうす紙ほどの寒さかな》（昭13）がある。

急ぐ雲急がぬ雲に秋立てり

昭和五十一年、六十九歳。『曼陀羅』

「箱根山中　五句」の前書がある。

立秋は八月六、七日頃で、まだ暑さが厳しいが、そんな中にも空の色や雲の動きに何かしら秋らしさを感ずるようになる。箱根山中の秋は平地より少し早い。

この句の後に《野分雲箱根山中にて仰ぐ》があり、風がかなり吹いていたことがわかる。野分雲の走るさまに秋が早まったような、かといって秋になったばかり、「急ぐ」「急がぬ」からそんな季感の揺れを感じさせるようでもある。

同時作に《秋立つと朴の葉裏を返す風》がある。

古九谷の深むらさきも雁の頃

昭和五十一年、六十九歳。『曼陀羅』

「金沢にて　三句」の前書がある。

古九谷は江戸初期の色絵作品で、絵付は雄々しく自在、色彩も大胆といわれている。赤に特色があるが、濃色に緑、黄、紫などを交えたりするようだ。

秋も深まって、能登半島の空を雁が来る頃、古九谷の伝統美をその深むらさきに象徴的にしている。深むらさきに気品があり、雁の哀感と相俟って、美しく格調高い句である。

他の二句は《古九谷に九月半ばを散る欅》《日静か落ちいちじくに群るる蜂》である。

犬ふぐり海辺で見れば海の色

昭和五十二年、七十歳。『曼陀羅』

「千葉、御宿　二句」の前書がある。

千葉の御宿海岸はゆるやかな弧を描いた白い砂浜が続く美しい海岸で、砂丘を形成している。童謡「月の砂漠」は加藤まさをがこの地を訪れて作ったといわれる。

三月十二日、綾子は「風」千葉句会の招きによって欣一と共に訪れた。春の日ざしの中青空をうつした海は伸びやかに広がり、ゆるやかな波が打ち寄せている。そよ風も吹いていたことだろう。ふと足元にかたまり咲く犬ふぐりに目をやれば、それは海の色と全く同じであった。海の色が飛んで染めたかのように。

犬ふぐりの美しさはそのままはるけき海の美しさなのだ。

「海辺で見れば」のやわらかな屈折と「海」のリフレインが美しい情感を醸している。

老い桜落花は己が身に降りて

昭和五十二年、七十歳。『曼陀羅』

「岐阜県根尾川の淡墨桜（うすずみ） 六句」の前書がある。

淡墨桜は揖斐川の支流、根尾川を遡った山の裾にある。樹齢千三百年、幹の周囲九メートル、根周り十二メートル、枝の広がり三十メートルの巨木である。散る時、花びらが淡い墨色を呈するのでこの名がつけられたが、品種は彼岸桜の一種。継体天皇お手植の桜と伝えられている。

『花の色』に次のようにある。

薄墨というが、ほのかに紅色がかっている。日照雨（そばえ）が何回も来て、その花を散らした。私は傘をさしてぐるりをまわり、花びらを拾ったりした。あわれともさびしいとも、桜の魂魄がここにとどまっている。あらわにその魂魄をさらしていることがいたましさを感じさせた。

その花びらが老桜自身の身に降りかかる。渾身をもってわが身を労っているかのさまがいたいたしくもあわれで美しい。

同時作に《桜守のてのひらほどの春田かな》《桜守の板戸を走る春時雨》などがある。

蕗ゆでて平生心に戻りけり

昭和五十二年、七十歳。『曼陀羅』

蕗を一摑み、熱い湯の中にサッと茹で上げ、平生をとりもどしたという。蕗の素朴さはその香とともに懐かしく、やはり落ち着くものであるようだ。

《蕗の筋よくとれたれば素直になる》（昭32）にも、蕗による心の変化がある。

また次の句、《母の年越えて蕗煮るうすみどり》（昭34）《母もせし金網で焼く蕗の薹》（昭44）を読むと、蕗は母へ繫がるものでもある。平生心の所以であろう。

ところでこの時期《生きいそぎ蕗の薹やき焦がしたり》（昭52）《初蝶のまた戻り来はせざりけり》（昭52）《初蝶を見し日空白多きかな》（昭52）など、『桃は八重』時代の孤独感、感傷性を想起させるような句があり、これが「平生心」を意識させたともいえる。

青葉潮みちくる一期一会なる

昭和五十二年、七十歳。『曼陀羅』

「広島風大会に打電して　二句」の前書がある。

昭和五十二年五月二十八日、宮島で開かれた「風」広島鍛錬俳句大会に出席出来ず、東京から思いやっての作。

青葉潮は新緑の季節に日本の海に流れて来る黒潮。鹿児島から日向、土佐沖を通り、伊豆房州沖を北上する。その満ちてくる潮も一期一会だという。それは土地への、また、参集した「風」の連衆への挨拶である。挨拶句とはいえ、気力が漲り、堂々としている。

原因不明の発熱で入院生活を余儀なくさせられた後であり、一期一会の思いは深かったであろう。

一期一会の思いは綾子の心底に常にあり、『花の色』にも随所に見られる。例えば次のように。

丸い穴に夜来の雨水が溜り、桃の花びらがいっぱい浮いていた。実に美しかった。こんな姿を見るのは一生に一度あるかないかの幸運である。

些事ばかり多くてもちの花咲けり

昭和五十二年、七十歳。『曼陀羅』

些事とは如何なることを言うのか。単に細々としたことではないだろう。たとえ小さな事でも心があれば些事とはいわないのではないか。揭句の嘆き調から察すれば、それとは相反する中味の希薄なことをいっているに違いない。

そんな日常に庭のもちの花が咲いた。初夏の日ざしを受け、緑色の小さな花は地味で目立たないが、そんな花の美しさに慰められたのだ。

綾子はかつて、おおばこの花について『花の色』で、

　花を咲かせようとしてすっくと立ちあがった青い茎と白い花の清新さ、何にも増して清新だと言いたいほどだ。大きく立派な花の美しさに少しも劣らない。いやこの目立たない小さいものにこそ天地があると思う。

と書いたが、そんな事をこのもちの花にも感じたことだろう。

螢火の明滅滅の深かりき

昭和五十二年、七十歳。『曼陀羅』

繰り返される螢火の明と滅、とりわけその滅の深さ。滅の深さとは闇の深さであり、螢という小さな虫の命を通してあらゆる負の世界を暗示しているようだ。螢火にのみ焦点を当て、その本質を衝いている。

かつての作《寒夕焼終れりすべて終りしごと》（昭42）を連想させるが、これはそのものずばりに、想像も出来ないほど巨大な闇の世界である。

生家なる生れ生れの赤き蛇

昭和五十二年、七十歳。『曼陀羅』「丹波　十七句」中の一句。

綾子の生家は丹波の旧家、大きな構えの母屋で、庭には古い柿の木があり、秋には紫苑や萩などが群がり咲く。その庭を隔てて白壁の土蔵がある。重い錠前は錆びて、もうほとんど開けることはないのであろう。母屋も勿論空家で、年に何回か、綾子の帰省を待ちつつ、近所の人が開けて掃除をしているらしい。聞くところによるとこの蛇は土蔵の前にいたという。

たった今生まれたばかりの赤い蛇、この蛇は綾子の生まれるもっと以前からこの家に生き続けてきた蛇の子孫で、生家を同じくするこの蛇に綾子は身内のような親しさを感じたのだろう。蛇をこれほど親しく愛らしく詠んだ句があるだろうか。関西では、「生み生みの玉子」「とれとれの鰯」といって売りに来たそうだが。「生れ生れ」はそれをもじったものだろう。この親しげで囃すような言葉に童謡の印象がある。同時作の《蛇の子が遊びてゐたり蔵の前》は、草に隠れ、石の上を這い、チョロチョロ動き回る子蛇の嬉戯が、綾子の幼少の姿そのもの。蛇の句がもう一句《子蛇まだ人をおそるること知らず》。

杭打ちて秋雲ふやしゐたりけり

昭和五十二年、七十歳。『曼陀羅』

この年秋、丹波に帰郷しているが、その折に黒井町を訪れた。「黒井町は松瀬青々曾遊の地三句」と前書がある。

黒井町といえば綾子が初めて青々に会った地である。肋膜炎を抱えながら家族の反対を振り切って、黒井町の兵主（ひょうず）神社で行われた「倦鳥」俳句大会に駆けつけたのである。これが綾子が本格的に俳句の道へ入るきっかけになったわけで、黒井町は決して忘れられない地である。

掲句は杭を打つハンマーの音、地をズシンズシンと響かせて食い込んでいく杭、それらが秋の白い雲を次々にふやしたという。堅い音とやわらかい雲、視覚と聴覚、天と地、それらの対比の中に大きくゆったりとした空間が広がる。

他の二句は、《青々と歩みし道の桐青実》《柚子もぎし歌道寺（うとうじ）は見に行かざりし》である。

仲秋名月海にただよふ島に来て

昭和五十二年、七十歳。『曼陀羅』

「沖縄　十五句」中の一句。

綾子が沖縄を訪れたのは九月二十三日、その四日後が仲秋の名月であった。九月の終りといえど沖縄はまだ夏の気候。仲秋とはいっても、空気が澄み爽涼感のある秋という感覚は乏しいのかも知れない。しかし、珊瑚の海の美しさは格別である。その海に月が昇れば、月光に波のきらめく静かな海に変わる。沖縄はそんな海にただよう島だという。

「ただよふ」に恰も大海に浮かぶ月見船のごとき感がある。「仲秋名月」の措辞にも秋の季感があふれ、沖縄に、そして海に涼感の広がる美しい一句である。

「ただよふ」はしかし、沖縄の悲惨な歴史をも連想させる。沖縄の海にしずむ数限りない無念の魂、沖縄はそんな海に今もってただよう島でもあるのだ。

仲秋名月の美しさは、その哀しみをくぐり抜けた美しさといえるのかも知れない。

正月の雪や一日眉まぶし

昭和五十三年、七十一歳。『存問』

「正月の雪」はいわゆる「御降り」である。豊穣の前兆とされ、雪や雨は米を連想させる大変めでたいものであったようだ。

綾子は今年も木綿縞を着て、硝子戸越しにその雪を眺めていたのだろう。時折は濡れ縁に出て冷たい空気に触れ、雪のまぶしさを肌身に感じたりしたかもしれないが、そうこうして一日中その雪を愛でていたのである。

正月の雪のまぶしさを眉がまぶしがっているとはおかしみがある。

『伎藝天』に次の句がある。《大和国原冬日が額にあつまりぬ》（昭48）。この冬日は大和国原というまほろばのまぶしさをも持った冬日であり、「額にあつまりぬ」に尊崇の念のようなものを読みとることができるが、掲句の「眉まぶし」も正月の雪の神々しさを感じさせる。

蕗の薹見つけし今日はこれでよし

昭和五十三年、七十一歳。『存問』

蕗の薹を初めて見つけた時の喜びを、俳人ならば誰しも経験したことがあるだろう。春の寒さの中、魁けて芽を出すのでその健気さに感動する。近ごろは温暖化のせいか十二月ごろに早々と芽を出すものがあるが、やはり大寒を少し過ぎた頃、まだ春とはいえない寒気の中の蕗の薹に、感動は一入である。

掲句に関連して、『花の色』に次のような一文がある。

蕗の薹が出ていないかと、庭の隅を探す。枯葉ばかりで何も見つからず、まだ早いな、と思っていると、四、五日あとには二つ三つ見つかるものだ。

句の背景がよくわかるが、それにしても「今日はこれでよし」はストレートで大摑みな表現である。物の機微を繊細に描く綾子のもう一つの面といえよう。

「今日はこれでよし」は今日一日が満たされたということである。春を実感したことの満足感である。

他に《反古焼きに出て見つけたる蕗のたう》《おしめりといふほどの雨蕗のたう》がある。

涅槃会の雪や女の集りに

昭和五十三年、七十一歳。『存問』

涅槃会は釈尊入滅の日といわれる陰暦二月十五日の法要。春とはいえまだ寒く、雪が降ることもあるが、涅槃会の雪は入滅の清浄感が感じられる。そんな中、女性達が集まり奉仕の働きをしたり法話を聞いたりするのだ。男性もいなくはないだろうが、多くは女性で、女の集りにこその涅槃の雪である。

綾子の女への思いは格別なものがある。処女句集『桃は八重』から第六句集『曼陀羅』まで「女」の語を使った句が五十句ほどあるが、その女達は働く女であり、女という宿命に明るく健気な女である。そしてそんな女達に労りや慈愛の眼差しを注いでいる。綾子はかつて女性差別に強い抵抗を示した。代表作《女身仏に春剝落のつづきをり》（昭45）の初案は上五が「伎藝天」であったが、「伎藝天の永遠の美しさへの讃歌」として「女身仏」に改めたのである。こういった「女」への意識のやさしさが掲句にも窺える。

西行庵十歩離れずよもぎ摘む

昭和五十三年、七十一歳。『存問』

西行庵は西行が三年の歳月を送ったという小さな庵。奈良吉野山の奥千本といわれる桜木の中に小じんまりとある。勿論当時のものではない。辺りには何もない。ただ、やや離れた所に西行の生活水といわれる苔清水「とくとくの清水」がある。

西行庵の辺りのよもぎを摘んで楽しんだのが、いかにも綾子らしい。

「十歩離れず」はこれまでも述べたが、距離感の中で何かを明瞭ならしめようとする綾子の特性であり、さほど広くはない辺りのさまと、その距離感における西行庵への思いが読みとれるのではないか。「よもぎ摘む」も西行の暮らしに添うかのようである。「十歩」という不即不離の距離感、「離れず」の否定形に技があり、何とは言えない軽い雰囲気やおもしろみがある。

同様な句に《暮春なる近江木の本より電話》（昭49）があるが、真似てできるものではない。

晩夏てふ言葉やるかたなかりけり

昭和五十三年、七十一歳。『存問』

「西垣脩さん突如として長逝さる　四句」中の一句。

西垣脩氏は詩人、俳人。明治大学法学部教授。昭和三十一年「風」に同人参加。詩集『一角獣』がある。

この年の八月一日に心筋梗塞のため急逝、五十九歳だった。「風」では十二月号で追悼特集を組んでいるが、その中に綾子の次のような文がある。

　西垣さんは話の聞き手の名手であった。いつも静かにほほえみを持って聞いて下さった。私は西垣さんの理解、さざ波のように美しい理解にどのように恩恵をこうむったであろう。また欣一も弔辞で「自分自身にはきびしく、まわりの人々は誰彼を問はず受入れて暖かく寛大でした」と述べている。「やるかたなかりけり」はそんな脩氏への痛切な心情吐露である。「晩夏」が惜しむ気持ちを表わすのに十分。

他の三句は《空蟬を卓上に置き人惜しむ》《君逝きて暑さ限りを尽すかな》《葬のあとひぐらしが鳴きはじめたり》である。

伊勢の海帰燕のあとの青さなる

昭和五十三年、七十一歳。『存問』

「伊勢志摩・大王崎　十一句」の前書のある冒頭の句。

この年十月二十一日、二十二日、鳥羽市にて「風」全国俳句大会が開催された。掲句は二十一日夜の句会に出されたもので、その時座五は「青さかな」であった。沢木欣一選に入り他にも多くの同人の選に入った。

その日は快晴に恵まれ、海がこの上もなく青かったが、掲句は帰燕のあとの海の青さが心に沁み入るような美しい一句である。

「かな」を「なる」にしたのは、思い入れをセーブし客観性を持たせるためだろう。

突堤の端まで押され雁渡し

昭和五十三年、七十一歳。『存問』

前句と同時作。二日目に大王崎を吟行したが、大変風の強い日だった。雁渡しは十月ごろ吹く北風。この風に乗って雁が渡って来るというので名がついた。雁を渡すという雁渡しに綾子もまた押され、突堤の端まで来た。そこは波荒い海がはるか沖まで広がり、大空を雁渡しが吹きわたっている。そんな大きな空間に身を置きつつ、雁渡しの何とはない哀感の中にいるのだ。

同時作に《軍鶏の檻種茄子畑の片隅に》《軍鶏の眼にただ鶏頭の枯れゆけり》《磯焚火わかめの屑も足しにける》などがある。

年の瀬のうららかなれば何もせず

昭和五十三年、七十一歳。『存問』

年の瀬にあたたかな日和になることは稀ではないが、この年はことのほかあたたかかった記憶がある。

慌しい年の瀬に、燦燦たる日のもとでただうららかさを満喫しているのだ。年の瀬の仕事は山ほどあるが、天の恵みを享受することを選びとる。吾身のことも年の瀬も、自然に委ねていれば成るようになる、そんな大らかさ。

『細見綾子全句集』（立風書房版）の「後記」に次のようにある。

師の松瀬青々は晩年「酬恩」ということをよくいっておられました。

青々の齢を越した自分にもようやく「酬恩」の心が去来しております。花鳥の恩をも数えてあまたの恩の中に立っている感がいたします。

何もせずうららかさを享受することも酬恩の一つであろう。

那智滝のしぶきをあびし年も行く

昭和五十三年、七十一歳。『存問』

綾子は十月二十一日二十二日、鳥羽市で行われた「風」全国俳句大会の後数名と那智の滝へ足を伸ばした。

那智の滝は高さ一三三メートルの神滝、滝そのものが御神体である。

《うすもみぢしてよそほへり滝の山》《はるばると来しふだらくの滝の前》《時じくに秋空欠けて滝落つる》《滝落ちて朱の秋の蝶生れたり》《秋の蝶ふたたび滝をよぎりたる》《滝の面のはつかな日ざし秋の虹》《虹かかる時滝の面のやさしけれ》《行く秋のふだらく山の鐘つきし》はその折の那智の滝八句だが、意欲的な作句ぶりであり、心の昂揚が感じられる。

それから二ヶ月後の年の暮、滝のしぶきを浴びたその感動を思い出し、再び浸ったのである。「那智滝のしぶき」の風格が「年も行く」の重い季語に調和した清浄かつ格調のある句である。

風にとぶすすき描かれゐたりける

昭和五十四年、七十二歳。『存問』

「唐津、中里太郎右衛門窯」の前書がある。

中里太郎右衛門窯は佐賀県唐津に四百年続く窯元。綾子が訪れた昭和五十四年は十二代、十三代の頃か。十二代は古唐津を復興させて人間国宝になった。

どんな陶器に描かれたすすきだろうか。黄褐色の地に鉄錆び色で寂寞と、しかし勢いよく描かれたすすきを想像する。

強い風に秋の深まったことも想像出来よう。そんなすすきの生動感が融合した静かな唐津焼の風姿。

雲流れゆきしあとあり朴若葉

昭和五十五年、七十三歳。『存問』

晴れわたった空、やわらかな風に流れる白い雲、みずみずしい朴若葉と輝く日の光。実に清々しい空間だ。

「雲流れゆきしあと」は、眼裏の残像であろうか、或いはうっすらとあったか、神経の冴えた感受だ。

第四句集『和語』に《秋声碑しぐれつたひしままの痕(あと)》（昭43）があるが、この句の「痕」ははっきりと残るあとであり、掲句の「あと」はその逆である。

掲句は、東京奥多摩の御岳山(みたけさん)にての作。古くから山岳信仰の山だが今ではケーブルカーで簡単に登れる。

くくり女と同じ冬日にうづくまる

昭和五十五年、七十三歳。『存問』

「愛知県有松　四句」のうちの一句。

十二月一日、俳人協会の集いで名古屋を訪れた折、名古屋の「風」の同人会員と有松を吟行した。

有松の大通りを外れて行くと、路地から路地に家内仕事の絞りをする家がある。大方は老婆が一人日ざしの入る部屋で絞りを括っているのだが、節くれ立った指を立てての捌きは実に鮮やか。綾子はそのそばでその手捌きに見入ったり、出来上がったものを手にとってみたり、また話しかけたりもしただろう。くくり女のようにうずくまって。そうやってくくり女と同じ冬日の中にいたのだ。くくり女と同じ目線になって、くくり女に添ったのである。

働く女たちへの連帯やあたたかい眼差が綾子の句には一貫してある。掲句もその一つである。

自ねんじよをすり枯れ色をおしひろぐ

昭和五十六年、七十四歳。『存問』

この句の前に、《恵那山の自ねんじよとゞく秋深し》《じねんじよの藁づと紐で巻きからめ》《田を仕舞ひ自ねんじよ掘りに行きたりと》の三句があり、掲句の背景がわかる。

自然薯は栽培されている長薯ではなく、山地に自生している山の芋をさす。とろ味も味も野性のこくを持った薯だ。

すり鉢に擂ると褐色の粘体となるが、流動しないのでそれを押しひろげるのだ。すり下ろした枯れ色は恵那山辺りの荒涼たる冬の景を連想させるものであっただろうが、それはまた胸奥の無意識の翳りのように感じられなくもない。

冬来れば大根を煮るたのしさあり

昭和五十六年、七十四歳。『存問』

思いのままを、そのまま叙した句で何の気負いもない。ゆったりと大らかで、綾子の生活や綾子そのものを感じさせてくれる句である。初期の《来て見ればほゝけちらして猫柳》（昭5）や《そら豆はまことに青き味したり》（昭6）などのように、感じたまま、何のはからいもない。季重なりなども気にならない自由さである。

「大根を煮るたのしさ」というのだから、綾子は大根が好きなのだろう。掘りたての瑞々しい大根を粗く切って醤油で煮るだけの単純な料理。料理といえるかどうかわからないが、薄味で、大根の味を一番ひきたてる、そんな煮方に思われる。

素材を十分に生かすことを綾子は知っている。《母もせし金網で焼く蕗の薹》（昭44）も、単純さが身上の食し方である。

何といふ風か牡丹にのみ吹きて

昭和五十七年、七十五歳。『存問』

綾子の庭に一株の牡丹がある。濃い桃色で大輪である。これは故郷丹波の家の裏庭に五十年来あったものを移し替えたもので、当初ぼろぼろの状態であったが年を追うにつれ二十も三十もの花を咲かせるようになったという。「牡丹日々」という日記を書くことを思いつき、これは腹痛と入院のため挫折しているが、綾子の牡丹に対する思い入れは並大抵ではない。牡丹が咲くと縁側に坐って眺め近づいてその数を数え、夜寝る前にも見て、その虜になってしまうのだ。

平成六年刊の『綾子俳句歳時記』（沢木欣一監修）には牡丹の例句を百七句も収録している。掲句は牡丹に吹く風を特別な風と感知しているが、素朴なおかしさがある。構えやはからいのない童心のおかしさといってもよいだろう。『存問』にもこうした滲み出るようなおかしさの句が多い。

台風あと別な白さの萩咲ける

昭和五十七年、七十五歳。『存問』

綾子の故郷の庭に紅白の大きな萩の株がある。また武蔵野の庭にも白萩があり、馴れ親しんだ花である。

「別な白さ」とは、台風に揉まれ晒され、より鮮しさを増した白さだろうか。あるいは周りの荒れざまの中の白さだろうか。いずれにしても、台風が置いていったかのような、見慣れない白さの萩が咲いていたのだ。「咲ける」が今咲いたようで、言葉として生きている。

季重なりであるが気にならない。綾子にとっては思うまま、感じるままが第一であり、結果的に季重なりになるのである。

白萩の句は他にも《白萩の触るるたび散る待ちて散る》（昭43）《白萩の散るは夕日のこぼるなり》（昭48）《人来れば見せし白萩散りはじむ》（昭52）などがある。

どんぐりの弾みて落つを知りたまふ

昭和五十七年、七十五歳。『存問』

「唐招提寺　三句」の前書がある。

聖武天皇の勅命で僧鑑真が創建した唐招提寺は、御影堂に国宝の鑑真和上坐像が安置されている。

ここは昭和十年前後、師の松瀬青々や友人と度々訪れた所で、綾子は建物の簡素なさまを大変気に入っていた。鑑真像についても虚子の「省略とはこういうものだ。簡素とはこういうものだ。俳句を作るうえに深く学ばねばならない」という言葉に感銘し、この像の在り方が写生の理想であろうと理解している。

綾子が鑑真に格別の思いを寄せるのは、高僧という他に以上のようなことがあるのだろう。

御廟への径に樫の木の林がありどんぐりが落ちていた。目の見えない鑑真は澄ました耳で、それが落ちる音を聞いたのだ。どんぐりという小さなものが落ちる、このささやかな出来事も全てわかっておられるのだ。

寒牡丹淡きは淡く濃きは濃き

昭和五十八年、七十六歳。『天然の風』

「上野東照宮　二句」の前書があるうちの一句。

寒牡丹は藁などで、霜囲いをして美しく咲くが、あれは二季咲きの品種で、春につく蕾を取り、夏の終り頃に葉を摘み取って花期を遅らせたものという。霜囲いをして温かくしてやると咲くが、自然の影響を受けやすく、着花率が悪いのだそうだ。手間がかかるが、花のない冬に愛でんがための園芸家の意匠であろう。

それだけに一花一花は惜しむに値する。

掲句は多くの寒牡丹を見ながら、淡いものには淡いなりの美しさが、濃いものには濃い美しさがあると、全ての寒牡丹のそれぞれの美しさを称えているのである。

対句やリフレインを用いて調子がよく、また単純な表現が表現として美しい。

他の一句は《牡丹の火桶の炭火珍らしみ》であった。

山形の桜桃来たるまたたきて

昭和五十八年、七十六歳。『天然の風』

「またたく」は眼を開けたり閉じたりする、つまりまばたくの意と、光がちらちらと明滅する意があるが、この句はその両方だろう。自らの意志で丸っこい目がちらちらとまばたきをしている可憐な桜桃が連想できる。これは受け取った者のよろこびでもあろう。

昭和四十年作に《もぎたての白桃全面にて息す》があるが、いずれも対象の質感をうつし出し、命を捉えている。

綾子は質感については『花の色』で、
　俳句は即物的だと言われるが、ただむやみに即物でありさえすればいいというものでもない。ものの質感に敏感でなければ即物の面白味は出てこないと思う。森羅万象一つ一つちがう質感をもって存在しているのであって、俳句は磨滅されようとする質感に息吹きをあたえる重要な仕事を背負っているとも言える。

と、述べている。

盆栗を拾ふ飯籠いつぱいに

昭和五十八年、七十六歳。『天然の風』

「丹波　四句」の前書があり、そのうちの一句。

盆栗というのは九月中旬頃から収穫できる早生栗である。小粒で甘味が強い。

丹波の綾子の生家の庭に盆栗の木が何本もある。夥しく稔るらしく、かつて訪れた時土産に沢山いただいた。毬は風呂に焚いていた。

「飯籠」は、夏の暑い時、飯を腐らせないように入れておく竹で編んだ籠で、大体は円型で蓋がある。使いこむほどに飴色の淡い色合いを呈するが、掲句の飯籠も恐らく長年使った飯籠であろう。ところどころ解れたりもして、今はもう使っていないのかもしれない。昔の人はそんなものも何かの用立てに、納屋に入れておくのだ。

「盆栗」「飯籠」に懐かしい味わいがあり、収穫のよろこびが横溢している。

常滑の朱泥に散りて竹落葉

昭和五十九年、七十七歳。『天然の風』

綾子はこの年七月七日、八日、知多半島の常滑、内海で開かれた「風」愛知夏季鍛錬大会に出席している。常滑を訪れたのは七日。

常滑焼はこの地で産出する鉄分の多い赤い陶土の朱泥焼。釉薬をかけず焼きしめ、オレンジ色に近い朱を出す。

瀬戸が比較的高級な焼物であったのに対し、常滑は甕、すり鉢、壷といった庶民の日用品を大量生産する。焼いた物が窯元の庭に置かれていたり軒下に積んであったりするが、掲句はそんな景の一齣。

時折竹の葉が甕や壷といった大きな朱泥焼に静かに散り、その周りに幾ひらも落ちている。そんな何とはないあっさりとした景だが、ありのままの美しさがある。それは朱泥の素朴さと簡素な竹落葉、そして平安末期から営々とこの焼物を受け継いできた常滑という地、それらが融合する中に滲み出る美しさではないだろうか。

初野分母をへだててしまひけり

昭和五十九年、七十七歳。『天然の風』

「欣一母逝く　五句」の前書がある。

欣一の母は昭和五十九年八月十五日、老衰のため永眠。享年九十二歳。二日後の八月十七日、金沢市広済寺で葬儀が行われた。

折しも秋の強風が吹き、それが母の命を遠く隔ててしまった無念さ。

綾子は割合姑の句を詠んでいる。《いくたびも秋日のよさを言はれけり》（昭55）《桜つづきなる九十二の母の許(もと)》（昭58）などで、「いくたびも」の句には「金沢の母、八十九」の前書がある。

掲句以外の四句は《白木槿紅木槿母逝きたまふ》《野辺おくり初秋風が竹山に》《木槿垣惜しみて柩ゆきにけり》《蟬の鳴く山道ゆるくのぼりゆきし》であった。

飲食（おんじき）につひやす時間年の暮

昭和五十九年、七十七歳。『天然の風』

この句を理解するには『伎藝天』の「あとがき」を見る必要がある。

何が尊いかと言われればまた時間だと答えるであろう。

という件である。

飲食（おんじき）につかう時間は必要にして欠くべからざる時間であるが、年の暮にあってそうやって尊い時間を使いへらす、というのである。

『徒然草』108に、

一日のうちに飲食（おんじき）・便利・睡眠（すいめん）・言語（ごんご）・行歩（ぎやうぶ）、やむことを得ずして多くの時を失ふ

とあるが、古典、特に『徒然草』がおもしろく、女学校時代に夢中になって読んだという綾子を思えば、掲句は容易に理解できるのである。年の暮ならではの感慨であろう。

かきつばた紫を解き放ちゐし

昭和六十年、七十八歳。『天然の風』

「愛知県知立　七句」の前書がある。

知立市八橋町の無量寿寺にある八橋かきつばた園は、「伊勢物語」の歌枕として有名。このごろかきつばたには、黄、赤紫、青紫、うすいブルー、斑入りのものなどさまざまあるが、やはり原種の紫一色がいい。業平の時代は恐らくそれ一色であったろう。

「紫を解き放ちゐし」はいかにもゆったりとスローモーションビデオのように花びらが解けていく様子が連想され、かきつばたの典雅な美しさを余すところなく表出している。

綾子がここを訪れたのは、五月十一日、「風」愛知県鍛錬大会の折であった。

天然の風吹きゐたりかきつばた

昭和六十年、七十八歳。『天然の風』

「小堤西池　五句」の前書がある。

小堤西池(こつづみにしいけ)は刈谷市井ケ谷町にある水田灌漑用の池。日本三大かきつばたの自生地の一つとして、昭和十三年、国の天然記念物に指定された。かきつばた以外にも百種類の植物が咲くという。綾子は愛知県鍛錬大会の翌日、ここを訪れた。

「天然の風」というのは「自然の風」と同意であろうが、「天然の鮎」とか「天然水」などのように人為の及ばない純粋さを感じる。そんな風がかきつばた自生地に吹きわたっている、それこそ天然の美しさである。

他の四句は《遠かすむまで湿原のかきつばた》《大沼をゆるがせにけり雉子啼いて》《伊勢物語の色さながらのかきつばた》《青芦があれば葭切り早や鳴けり》である。

雨の日を灯ともし色の枇杷貰ふ

昭和六十年、七十八歳。『天然の風』

枇杷はその形が楽器の琵琶に似ていることからつけられた。植物の枇杷が先ではないかと思われがちだが、琵琶の手を推し進むを枇といい、手を引き却くを杷といい、そこから琵琶が生まれたことを思えば、楽器が先である。

枇杷が熟れるのは六月頃。掲句は「灯ともし色」の見立てが卓抜。梅雨時の陰鬱さに枇杷を貰ったほのぼのとした情感が句の中心である。

この句は前句集『存問』掲載のものを改作したもので、前作は《雨の日やともしび色の枇杷貰ふ》（昭57）であった。「灯ともし色」によって一段と明るさが増し、句に膨らみが生まれた。

蟻つひに現れざりし蟻地獄

昭和六十年、七十八歳。『天然の風』

蟻地獄は薄翅蜉蝣の幼虫で、大きさは一センチぐらい。縁の下や松原などの乾いた砂の中に擂鉢状の穴を掘り、滑り込む蟻やその他の昆虫を捕食する。

蟻地獄については、幼時、故郷の高座神社の蟻地獄を「くぼくぼさん」と呼んで遊んだと随筆にあるが、掲句は丹波にての作なればやはり高座神社の蟻地獄であろう。

蟻が落ち、そのさまを見ようと待っていたが、蟻はついに現れなかった。蟻地獄は静かに、口を空けたままそこにあったのだ。「つひに」とあるから大分待っていたのだろうが、昔のようではなく、やや落胆した印象もある。

一遍像光るまなこに木の実落つ

昭和六十年、七十八歳。『天然の風』

「松山市道後、宝厳寺　八句」中の一句。

九月二十三日、綾子は「子規顕彰全国俳句大会」にて講演のため松山を訪れた。

一遍上人は浄土教の一派である時宗の開祖。平生を臨終と心得て念仏することを旨とし、踊り念仏を行いながら諸国を遊行した。生誕地である松山市の宝厳寺に一遍像があるが、手を合わせ跣で前かがみ、その面差は険しく、眼は細く切れ長だ。

掲句の「光るまなこ」はそんな一遍の、真理を見極めようとするかの眼光鋭い眼である。それに対し、「木の実落つ」が周りの空気を柔らげている。

他の句は《一遍の脚精悍に木の実晴れ》《一遍像木の実落せし一杖か》《手のひらをしかと合はせて秋の声》《秋日さす山野跋渉せし素足》《初秋風衣の裾の短かきを》などである。

行く春や塩壺と書きしるしあり

昭和六十一年、七十九歳。『天然の風』

「岩手県花巻、高村光太郎遺跡　五句」中の一句。

五月十日、第一回詩歌文学館賞選考委員として、その贈呈式のため岩手県北上市を訪れたが、二日目に雨の降る中、花巻へ出て高村光太郎の山小屋をたずねている。

ここは光太郎が晩年の七年間を暮らしたところ。鉱山の飯場小屋を移築したもので粗末な土壁の家だ。広さは七・五坪しかないという。が、山中という自然の豊かさがあった。ここで光太郎は自炊生活をし、晴耕雨読の日々を過ごした。

室内は七輪や鍋、釜など生活必需品のみであっただろうが、その中の恐らく陶器であろうが、「塩壺」と書かれてあった。それは光太郎のやや右上がりの固い文字であったに違いない。そのことが生ま生ましく、光太郎の息づかいまでも聞こえて来るようだ。また、そんな光太郎への思いが「行く春」のやわらかさの中に込められている。

他の四句は《光太郎小屋にかざせし遅桜》《遅桜山かけて雨けぶらする》《山桜高し七年独居あと》《花の雨鑿小刀を錆びつかせ》である。

北上の水音時に惜春賦

昭和六十一年、七十九歳。『天然の風』

花巻の高村光太郎遺跡を訪ねたあと、綾子は北上川などを巡っている。掲句は「北上川々畔枕流亭　四句」中の一句。

五月といえば初夏だが、東北はまだ春の名残の中だ。枕流亭から見渡す北上川の水音は春を惜しむ歌のようだという。

綾子の大好きな唱歌の一つに「早春賦」がある。長野県安曇野の遅い春を歌にしたものだが、「惜春賦」の語はその連想のように思われる。

同時作に《枕流亭その名に春を惜しみけり》がある。「枕流」は夏目漱石の名前の由来とされる漱石枕流からとったのではないか。もともと誤用ではあるが、「枕流亭」は風流な印象だ。

どんぐりが一つ落ちたり一つの音

昭和六十一年、七十九歳。『天然の風』

綾子は団栗や木の実を割合によく詠む。この句集には十四句収められている。句は至極当然に思われがちだが、内容は奥深く、どんぐりの大地を打つ鈍く小さな音は、辺りの無言を喚起し、波紋のようにどこまでも、果ては宇宙空間へすら及ぶかのようである。ものの存在の根源に迫るような力があるが、団栗という小さなものゆえの、また単純さゆえの力であろう。哲学といえば哲学の、悟りといえば悟りに近いものを帯びているような印象。同時作に《空広くしてどんぐりの落ちつづく》がある。

今日は梅見とて吾が身にも話しかけ

昭和六十二年、八十歳。『虹立つ』

奇妙な句である。

綾子という一人の人間がもう一人の綾子に語りかけている。一方は、「吾が身」つまり肉体の綾子とすればもう一方は内面的な、心の声といおうか。自分自身に言い聞かせ確認をしているのである。

このように自己を客観視する句は他にもある。例えば次の句、《鶏頭の句碑現し身の吾を見る》(昭46)は、鶏頭の句碑に生ま身の綾子が見られているのだが、鶏頭の句碑は綾子の身代りであり綾子が見ているようにもとれる。

こういった類の句はやはり綾子ならではと思う。自分の受け取った通りのことを正直に叙べる俳句が、自分という人間についても正直にそのまま表われるのである。

老ゆることを牡丹のゆるしくるるなり

昭和六十二年、八十歳。『虹立つ』

度々になるが、この牡丹は故郷丹波の庭にあったものを移し替えたもの。一句前に《牡丹にわが六歳の写真あり》の句もあり、幼少の頃から今日までおよそ七十年以上を共に過ごした牡丹である。牡丹が咲くと一日中真向かい、寝る前にも出て見る。幾つ咲いたかと数え、風雨が来ると牡丹の為に憂う。咲いてから散るまで十日間を牡丹に支配されて過ごすのである。そんなはらからのように大切な、しかしいつまでも変わらぬ美しさの牡丹の前に立つ時、吾が身の老いは拭うべくもなく、そのことを綾子は負い目に感じたのであるが、それを牡丹は許してくれたのである。

綾子八十歳の老境が、牡丹との交感の中に美しい。

秋の蝶だんだら縞でありにけり

昭和六十二年、八十歳。『虹立つ』

「だんだら」は「だんだん」が訛ったもので段が幾つもあること。「だんだら縞」とは違った色糸で織った横縞物をいう。

秋の蝶がだんだら縞であったのは、その織物を纏っているようで、その音(おん)とともに実におかしみがある。このような発想はなかなか思いつかないが、縞の着物に親しんできた人のものだろう。

綾子の母は家で機を織っており、綾子も母の手織の木綿縞を愛用していて、《木綿縞着たる単純初日受く》(昭42)《冬来れば母の手織の紺深し》(昭21)と詠んでいる。

「だんだら縞」は、故郷と、故郷の母への想いが呼びこんだものであろう。

願はくば木綿縞なる栗袋

昭和六十二年、八十歳。『虹立つ』

「丹波　十句」のうちの一句。

この年九月、でで虫の句碑が建って以降初めて丹波へ帰郷した。二年振りである。故郷での楽しみは栗拾い。

家の裏の栗拾いを何度かしておもしろかった。栗拾いなど山国に育った者でなければ楽しさはわからないであろう。

と「風」昭和六十二年十月号に書いている。

掲句は、その折の《拾ふ栗入るゝ袋を縫ひくれし》に続く句。栗を拾う為の袋をわざわざ針と糸を取り出し、布を裁って作るなど余りしないだろう。笊かボールか、そこらにある物で間に合わせるものだが、故郷には一つ一つを楽しむゆとりの時間が流れているようだ。

掲句は「どうか木綿縞で作ってほしい」とこだわっているが、かつては母がそうしてくれていたのだろう。ここでは、縫ってくれたのは妹の千鶴子さんだ。

桜の実わが八十の手を染めし

昭和六十三年、八十一歳。『虹立つ』

この句の前に《人を待つベンチ桜の実いっぱい》の句がある。熟してこぼれた桜の実は踏み潰されて地を染め、抓んで拾うとすぐに崩れて果汁が滲む。綾子のことだから桜の実を手のひらに拾い集めただろう。一つ二つと口に運んだであろうことも想像できる。

桜の実が染めたのは老いた八十の手。

九十では過ぎた印象だし、七十ではやや足らず、八十が年輪の豊かさを感じさせる。単純でストレートな表現が、命を率直にうつし出している。

キャスリン・バトル虹立つやうに唱ひたり

昭和六十三年、八十一歳。『虹立つ』

キャスリン・バトルはアメリカ出身のソプラノ歌手。

リリック・コロラトゥーラ、つまり抒情的で、技巧的、装飾的な唱法で有名。力強くはないが、純粋可憐な声質という。

七色の虹が立つようとは華やかで、その輪にすっぽり包まれる心地よさはいかばかりか。

「上野、東京文化会館にて　三句」中の一句で、「欣一日録」によれば六月四日のことである。

この句集名「虹立つ」についてあとがきで、

「虹立つ」という言葉に特別の意味はありませんが、「立つ」というのは見えないものが見えるようになるということで、虹のようなはかないものの確かさを思って題名といたしました。

と綾子は述べているが、掲句の印象があったかと思われる。

落葉踏むかそけさ百済ぼとけまで

昭和六十三年、八十一歳。『虹立つ』

「東京博物館で百済観音を拝す　五句」中の一句。

百済観音は日本最古級とされる飛鳥時代の仏像。二メートルを超える長身で著しく痩身。頭部も小さい。国宝に指定されている。奈良法隆寺が所蔵するが、フランスのルーブル美術館で公開された時は「日本のヴィーナス」と絶賛され、一ケ月で三十万人もの人が訪れたという。また、和辻哲郎や亀井勝一郎によってその美しさが紹介されたが、綾子は松瀬青々のお供をして今までに何度も見ている。

掲句は、そんな仏像の魅力を思い巡らしつつ上野の森を博物館へ向かう時の景。十二月のはや乾きはじめた落葉がかすかな音をたてるが、そのかそけさが、百済仏のはるかな時空を呼び覚ますようだ。

他の四句は《冬紅葉燃ゆる彼方の仏かな》《とこしへのほゝゑみに今銀杏散る》《冬来たる背の添竹の黒き艶》《水瓶をさげて冬日へ一歩かも》である。

風の軽るさ浮世の軽ろさ硝子風鈴

平成元年、八十二歳。『虹立つ』

風鈴は鉄、銅、硝子、陶器、木、木炭、水晶などの材質はもちろん、形状もさまざま、音色も、素材が一緒でも微妙に異ったりする。

風鈴はもともと魔除けの為に家の四方に鐘を吊り下げたのが始まりらしい。即ち鉄の音がそのルーツに近いものであり、南部鉄風鈴がその代表である。

硝子風鈴の代表は江戸風鈴、音も見た目も涼やか軽やかで都会的、現代的感覚がする。また本来の意味から外れ、装飾品そのものだ。

「浮世の軽ろさ」は硝子風鈴のそういった印象を言ったのだろう。

リフレインにより風鈴の軽やかさを出しているが、「軽るさ」と「軽ろさ」を区別したのは、軽さの質的差異を示すためであろう。

茹で栗のうすら甘さよこれの世の

平成元年、八十二歳。『虹立つ』

「新宿JR総合病院に入院　九句」中の一句。

この年八月九日、心筋梗塞のため新宿のJR総合病院に入院、十一月八日の退院まで三ケ月を過ごした。

この句の前に《多摩川の秋草の束もたらせし》《栗食みて丹波の話少しして》《夫と食ぶ茹で栗夜汽車過ぎゆけり》などがあり、栗は、見舞客、あるいは欣一が持ってきたものであろう。

栗の出る十月頃は、食事も大分元に戻りつつあった。救急車で運ばれ、生死の境を脱し得て、今、栗のほんのりとした甘さを実感しているのである。この世に生きてこその感慨が「これの世」である。

「これの世」は「この世」のことだが、「この世」が広く一般的なのに対し、「これの世」は指示性が強く、綾子の今置かれた状況を指している。

雪晴の自分に向ひ話したき

平成二年、八十三歳。『虹立つ』

雪晴の明るさ眩しさ、空の青さ、空気の澄んだ冷たさ、こんな景に身を置く時、そばに誰もいなければ自分に向かって話したい。雪晴はそれ程湧きあふれるのである。

雪に心動かされない俳人はいないと思うが、綾子は特に童心のような純真さで対うようだ。今まで何度も見てきたが、この句ももう一人の綾子がいて綾子を客観的に見ている。

綾子は本来的に童心的であり「をかし」の備わった人物のようだ。《セルを着て硝子の破片踏みて戻る》（昭24）のような人がほとんど見向きもしないものをもおもしろがるのである。

鱒泳ぎ出て早春の日をぱくり

平成二年、八十三歳。『虹立つ』

どこで詠んだとも書かれていないが、「欣一日録」によれば三月二十三日、綾子の句碑除幕の為、太郎氏の車で伊勢へ向かった。中央高速道で八ヶ岳がよく見えた、とあり花山葵、佐久、茅野、諏訪湖の句が続いて掲載されていることを思えば、その折の句であろうかと思われる。三月も下旬であるが、八ヶ岳の麓の春は遅い。しかしよく晴れて、水底にいた鱒が水面から空気を吸うためか口を開いたのだ。

そのことを「日をぱくり」と言い放ったのが全くストレートで純真。童話の一場面のようだ。しかも「ぱくり」で止めて余韻がある。

オノマトペの使い方はなかなか慎重を要する。が、掲句の「ぱくり」は平凡そうでありながらここではこれでなくてはならないだろう。鱒の一瞬大きく開いた口が見えるようだ。

牡丹の葉たくみに雹をかはしをり

平成二年、八十三歳。『虹立つ』

雹は雷雲に伴い積乱雲から降ってくる氷塊。落下速度は時速百キロメートルを超えるというから、もし卵大、拳大のものであったりすると動物や植物への被害は相当なものがあろう。バラバラバラという音を聞きとっさに縁側に出たのだろう。雹が、牡丹の花を襲っている。がよく見ると葉はゆらゆら揺れて雹から身をかわしているのだ。当たれば葉を貫通したりもするが、うまいものだと褒め、よろこんでいる。

同時作に《雷（いかづち）二度雹一度牡丹日記かな》がある。牡丹のことを毎日書きつけるほど執着しているのだが「牡丹日記」とはおもしろい。しかし書き始めてすぐ病気になり中断している。

病院のチャイムが告ぐる晩夏かな

平成二年、八十三歳。『虹立つ』

「欣一日録」によると綾子は八月二十二日体調不良、二十四日ＪＲ総合病院入院。点滴により翌日元気を取り戻し、九月一日に退院している。

綾子が心筋梗塞のため新宿のＪＲ総合病院へ入院したのは平成元年八月九日のこと。三ケ月ほどして退院し、それ以後通院していたが、またしても夏の不調である。

やや元気になって、窓を眺めながら病院内のチャイムを聴いているのだろう。朝でもなく昼でもない、夕方のチャイムではないだろうか。夕日が沈みかけて、退勤の人の群れやそれらを運ぶ列車が慌しく行き交う。

こうして夏が過ぎて行く、それを告げているかのようなチャイムである。

晩夏を告げる病院のチャイムはしかし、綾子自身にも迫って感じられたのではないだろうか。その切なさも読みとれる。

ふるさとのどの畦行かむ曼珠沙華

平成二年、八十三歳。『虹立つ』

前句の二句あとの句。

九月一日に退院した綾子の直後の丹波行など考えられず、掲句は恐らく回想の句であろう。

綾子の故郷丹波への思いは人一倍強く、原風景となって心の中に焼きついている。

生家裏は一面の田んぼで、その向こうに子どもの頃よく遊んだという産土、高座(たかくら)神社がある。

田んぼの畦という畦に曼珠沙華が群れ咲き、澄んだ空と大気の中で一段と鮮やかなくれない色をしている。さてどの畦を行こうか、どの畦もよく、迷うばかりなのだ。

故郷への賛歌である。

この句に並んで《曼珠沙華野川に映りゐるもあり》がある。

牡丹散り果てたる夜は月まん丸

平成三年、八十四歳。『牡丹』

綾子の庭の牡丹は丹波にあったものを植え替えたもの。濃い臙脂色で、多い年には二十も三十も花をつける。牡丹が咲くと毎日眺め、その様子を句にし、また牡丹日記なるものまで思いたったり、病気で入院中の時も家人にその様子を聞くなど、牡丹への思い入れは相当なものであった。咲いてから散るまでの約十日間は気が気ではないのである。

そうやって見守ってきた牡丹が全て散ってしまった夜の月を「まん丸」とは全く囚れがない。牡丹から解放されて、弛んだ心に自ずから生まれてきたのだろう。《鱒泳ぎ出て早春の日をぱくり》（平2）の「ぱくり」の類である。

わが余白雄島の蟬の鳴き埋む

平成三年、八十四歳。『牡丹』

「NHK衛星テレビのため松島へ　五句」の前書がある。

八月二十三日、NHK衛星テレビ出演のため、欣一、綾子、「風」のメンバー合計九名で松島を吟行している。雄島、瑞巌寺吟行で二句「新涼」「秋の七草」の席題で観瀾亭にて句会。この模様が生放映された。

掲句の「わが余白」とは自分の残りの人生をいったもので、「余生」と同意であるが、視覚的、即物的に捉えた点がリアルで却って哀れがある。

「雄島」は八百年以上も昔、見仏上人がこの島に降り立ち、また多くの僧が修行に励んだ島であり、はるかな時空を鳴く蟬に吾が命を思いやっているのである。

他に《雄島の蟬息のあるだけ鳴き切つて》《さざ波の夕づく時の雄島の蟬》がある。

去ぬ燕水に幾度も触れゆけり

平成四年、八十五歳。『牡丹』

燕は秋になるとあたたかい南方へ帰る。青北風が吹く十月ごろ、燕が群れになって空をとぶのを見かけるが、帰る準備である。小さな群れが次第に膨らみ、時を見計らって一斉に渡り始める。

掲句は、その燕が群れになりつつ低空飛行をして、川や湖沼などの水に幾度も触れて行ったというのである。まるで別れを告げているかのようであるが、水は命のもとであり長旅への思いやりがこめられている。

同時作に《丹沢の夕日に向ひ帰燕かな》《流木に腰をおろして帰燕見る》《一と雨をつつ切つて行く帰燕かな》がある。

今は散るのみの紅葉に来り会ふ

平成四年、八十五歳。『牡丹』

この年十一月二十八日、神戸で「風」全国俳句大会があり出席。翌二十九日、布引の滝で紅葉を見、故郷丹波へ立ち寄っている。

更に三十日には丹波高源寺の紅葉も見ているのだが、ここは昔から紅葉の名所として名高く、綾子はここの紅葉を同行の欣一に見せたいと思っていたようだ。その見事さが「欣一日録」にも記されている。

「今は散るのみの紅葉」は紅葉の限りを尽くし終えた紅葉である。散る寸前を堪えている美しさ、潔さを感じさせる。

綾子自身を投影した哀韻のひびき美しい秀句である。

水ぎはまで埋む菜の花長良川

平成五年、八十六歳。『牡丹』

「岐阜」の前書がある。

この年四月三、四日、岐阜市の長良川畔、岐阜グランドホテルにて「風」の同人総会が行われた。

綾子も元気な姿を見せ力強いあいさつを述べたと「総会の記」にある。

当日はよく晴れ、菜の花と桜が満開、ホテルの脇から下流への堤を菜の花が覆い尽くし、眩しいばかりの光景が広がっていた。

掲句はその描写。長良川の透き通ってまだ冷たさの残る水と太陽の光に照らされた明るい菜の花を対比させている。

それだけでもう十分美しいが、更に長良川はま青な空を映し群青色の帯となってうねっているのだ。そのコントラストの鮮やかさもこの句は印象派風の絵画を見るがごとくである。

この折の句にもう一句《相会ふも桜の下よ言葉無し》がある。

門を出て五十歩月に近づけり

平成六年、八十七歳。『牡丹』

余りの月の明るさのそぞろ歩きだろう。何歩歩いたかしっかり数えたわけではないが、大体五十歩くらい。老齢の綾子の足どりならば大した距離ではないが、それだけ月に近づいたというのがおかしい。

実際この年六月六日、心不全で肺に水が溜まり東京のJR総合病院に入院、九月八日まで三ヶ月間の入院生活を余儀なくされている。これは平成元年に心筋梗塞でやはり三ヶ月間入院してから二度目の長期入院である。続けて九月二十六日にはヘルペスで入院。綾子としても全く生命の危機を感じざるを得ない状況であった。「月に近づけり」はその心中の表れであろう。「五十歩」はしかしうがった数である。以前にも書いたが距離感によって何かを言い留めるのが綾子は得意のようで、《西行庵十歩離れずよもぎ摘む》(昭53)《光堂よりの数歩に雉子啼けり》(昭47)《鶏頭を三尺離れもの思ふ》(昭21)《藤はさかり或る遠さより近よらず》(昭21)のような句がある。

宮島の赤団扇なり風強し

平成七年、八十八歳。『牡丹』

七月十五日、欣一は広島の「雉」十周年記念俳句大会に出席。その前日、宮島で管弦祭を見ているが、この団扇はその時の土産である。

後日、お宅へ伺った折、「綾子がこの団扇を気に入ってねぇ」と見せて下さった。やや大ぶりの、赤漆を塗った艶々の団扇。表に墨で絵が画いてあり、観光地でよく売られているようなもの。竹の骨と柄がしっかりとした丈夫な団扇であった。

この団扇の風の強いことが一番の気に入りだったようだが、赤漆の鮮やかな色調も綾子の好みだったろうと思う。

「宮島の赤団扇なり」と言い下して潔く、句の内容に添っている。

靴の黴ぬぐひ遠くへ遊びたし

平成七年、八十八歳。『牡丹』

一年前の心不全以降、綾子の遠出は句を見る限りほとんどないに等しい。秩父辺りまでは出かけたようである。

旅の話を聞くにつけ、平凡な日常を脱したいと思うのは誰しも同じであろうが、綾子の場合、遠出を阻んでいる身の衰えの無念さがこもっているだろう。

「靴の黴ぬぐひ」がおかしくもあわれである。

この句の後十二句目にある《心飛ぶ萱の新穂の波に乗り》(平7)も同様の心境を詠んだもの。「遊びたし」も「心飛ぶ」も実にストレートな心象表出で、殊に「心飛ぶ」など八十八歳とは思えない若々しさである。好奇心旺盛、気力の衰えなど感じさせないことに驚く。

香水に縁なき暮し一生涯

平成七年、八十八歳。『牡丹』

「香水」などという句は恐らく掲句とその次の句《パリー土産の香水忘れてはをらず》以外ないのでないか。

『綾子俳句歳時記』にも収録がない。

欣一が言ったように、綾子は丹波の農婦であり泥が好きな燕である。香水のような虚飾を排し、自然のままありのままを第一に生きてきた。

瓦斯や電気の時代に薪で風呂を焚くことを「自分に帰れる」といい、

　風呂の火を焚き、ほこりもかぶり、『生活』というものをそのあたりで考えている。

と『花の色』に書く。

綾子にとって香水は的外れの代物でしかない。掲句はそのことをきっぱりと言い、潔い。

鶏頭の襞にこもれりわが時間

平成七年、八十八歳。『牡丹』

綾子の全作品中、最も多く詠まれているのは牡丹だが、鶏頭は思い入れの深い花としてある。代表句の《鶏頭を三尺離れもの思ふ》（昭21）は、もの思うことによって存在する吾を意識した句であり、また「十一月、沢木欣一と結婚」の前書のある《見得るだけの鶏頭の紅うべなへり》（昭22）は大きな決断の句である。その他《事あれば鶏頭の日の新しさ》（昭22）《そののちの日も鶏頭の赤からん》（昭6）鶏頭句碑除幕に際しては《鶏頭の句碑現し身の吾を見る》（昭46）など綾子は事あるごとに鶏頭に存問して生きてきた。その原風景は故郷丹波の土蔵の前に群れて咲く鶏頭である。《鶏頭の縁に持ち出す古写真》（昭62）《鶏頭乱生古き土蔵の錠さびて》（昭62）のように懐かしい花なのでもある。

《鶏頭の一本立ちも放光寺》（昭48）という句もあるが、鶏頭の炎えるような紅、根も茎も強く、霜が来ても傷まない強烈な生命感を愛したのだ。

鶏頭の夥しい襞にはそんな綾子の来し方が詰まっている。

九十を目前にした人生回顧の句である。

吾亦紅ぽつんぽつんと気ままなる

平成七年、八十八歳。『牡丹』

綾子に吾亦紅の句は意外に少ない。「倦鳥」初入選が《野の花にまじるさびしさ吾亦紅》（昭4）であったが、吾亦紅は地味で目立たない花である。見舞花として病室に生けてあるのを見たことがあるが、掲句は恐らくその折のものだろう。「ぽつんぽつん」におかしみがあるが、吾亦紅の性質をよく言い当てている。

この句はまた大らかで、あたたかく、第一句集冒頭の《来て見ればほゝけちらして猫柳》（昭5）にも通うものがある。

猫柳の句が動ならば、こちらは静だろう。いずれも綾子らしさを具現している。

綾子の俳言に学ぶ

求むるものへ透きとほつて啼くあの声は、私をいつも呼び覚ます。全身の中に呼び覚ましてくれる。昨日の古さより、今日の新らしさに呼び覚ましてくれる。昨日の悔恨の中より、今日の鮮やかさを、湧き出させてくれるのである。私の小さい歌が今日の鮮やかさに支へられてきたことを、又これからも支へられて行くことを願つてゐる。

これは細見綾子の句集『雉子』（昭31）の巻末近くに収められた「雉子」と題する随想の一節である。何と美しい文章かと思う。みずみずしく、快い張り。リズム感を持った流れるような筆運び。いつ読んでもキラキラ輝いている。この輝きは綾子の命の輝きである。自らを奮いたたせ、全身で生き、全身でうたおうとする姿が切ないほどだ。

この文章を読むと、私は胸が熱くなる。生を美しく燃焼させようとする健気な姿を何だか涙ぐましくさえ思うのである。そして、私もまた胸の内を奮いたたせないではいられない。昨日の古さを脱け出して今日の新しさを追い求めたい。そして、綾子の新しさを追い求めたいと思うのである。

綾子は「新しい」ということをいつも念頭に置いている。

重ねた白ら紙をめくる時一枚一枚が新しい、そういう句を作ってほしいと思う。
（「俳句」昭41・7）

私は新しい句をいつでも、選するときでも、何かそこに新し味がある句をいつでも採ります。新し味がなければ採れないです。
（「風」昭56・12）

綾子の句が斬新なのは、その資質とともに、常に新しさを求めてやまないパイオニア精神にある。

しかし、新しさといっても新しさがどこかにあるのではなく、それは生き方とのかかわりの中で生まれてくるもので、その辺のことについても次のように述べている。

生きるといふことは新らしい事である。新らしくなければならない事なのだと思ふ。さう言ふ率直さと、新鮮さと一つに俳句の新らしさもあるのだと思ふ。
（「風」昭25・9 10合併）

「生きるといふことは新らしい事」と言い切る強さ、古さにべんべんとしない潔さ、この思想は実はさらに遡って見ることができる。「倦鳥」昭和八年一月号に綾子の次のような文章が載っている。

生きてゐるかひにせめて昨日よりは新らしいものを持ちたいと思ひ、つまらない一句でも自分のノートに記す時はたのしい。

併し心を潜ませるとは、よき言葉であると同時に、ほんたうにむつかしいことである。まこと人生に心をひそませる人の尊さを此の頃わかる気がする。

人生の深さに限りがないとは、人間の持ち得る深さであり又一句の到り得る深さかと思ふ。拙い私も努力をして行つたなら何かゞ解る日があるかも知れないと思ひ、さう思つてボツリボツリ歩いたり立ち止まつたりしてゐる故に「私よ元気を出して歩け」と自らをはげますより外に、自力更生と俳句と云ふ題をいたゞいても云ふべきことを知らない。

長くなったが興味ある文章なので全文を記した。昭和八年といえば綾子は二十六歳、以後一貫して「新しさ」を言いつづけてきたことを考えれば、綾子の俳句観の基礎はこの時すでにでき上がってしまっていたと考えることができる。孤独の闘病生活を送っていた時のことで、右の文章には病者であるがゆえにと思われるふしが感じられなくもない。つまり綾子の新しさは宿痾と闘う中で切実に求められてきたものであったと思われる。したがってそれは全く、生きることと密着していたのである。

綾子の生き方は常に前向き、積極的である。したがって、そのための原動力として次に要求されるのは「元気」である。綾子はよく私たちに「元気を出しなさい」と言う。

積極性。生きることの積極性みたいなものがないとね。ただ退嬰しておって元気なくいるとね、私、何にもいいことも感じられない、美しいと思わない。

（「風」昭56・12）

「元気」もまた闘病生活の産物であろう。

ところで、綾子のいう「新しい」とは一体どういうものであろうか。これについては次のような見解を明らかにしている。まず、

それ（新しいこと）を根本的に皆で考えてみなきゃならない。
（「風」昭56・12）

としながらも、

新しいということは、まあ美しさと置きかえてもいいと思います。
（同）

というものである。新しいものは美しい。綾子の俳句がいつも美しいのは綾子自身が新しく美しく生きようとしているからで、綾子はどんなものにも新鮮な美しさを発見する。

美といってもありきたりの、ただ人が美しいと教えてくれたようなものじゃなくて、どんな汚い物をも美しいと口にするような見方、人が今まで見つけなかったような美、そんな気持ちで俳句しているわけです。
（「風」昭56・2）

事実、次のような句は「どんなものをも美しいと見るような見方」から生まれた句であろう。

来て見ればほゝけちらして猫柳
花つけてゐしやうに枯れ萩の枝
歯朶枯るる初めの色を胸に置く
藪からしも枯れてゆく時みやびやか

「枯れ」の中にきらめくような美の発見がある。生の終わりにさえ生き生きとした生を感じとっている。亡びゆくことの美しさ。かつて「人生は美しく消耗すること」と言い切った綾子

の消耗することの美しさが鮮やかに表出されているといってよい。
「どんな汚い物をも美しいと見るような見方」はまた綾子の「全的肯定」の精神に基くものでもある。すべてを受け入れようとする綾子は、すべてを受容することの安らかさを知っている。「今が一番いい」「今年の紅葉が一番美しい」というのも決して過去を否定しているのではなく、今を全的に肯定しているのである。「今日の新しさ」の見地から新しい気持ちで対象を見ている。逆に言えば対象によって自己の内面を今の最高の美しさ新しさへと向かわせているのである。
綾子の全的肯定は自然をすべて、どんな汚いものをも美しく新しくする。
綾子はまた美について次のように述べる。

人生にあるものすべてを汲み上げたうえで、究極的に残るものが客観性であり、〝をかし〟だと思っている。言い換えると、俳句がとどの詰まり追求するものと、宗教が悟りにおいて達するものとそれが美であることにおいて同じではないかと思っている。

（『細見綾子聞き書』）

人生には割り切れないものがある。いくら割り切っても残るものがある。それがあるからこそ人生はおもしろい。それがあるからこそ文学というものが成り立つのではないか。美というのは、割り切れないものがあって、はじめて見えてくるのではないか。苦悩することも、愛することも、美に至る道ではなかろうか。悩むこともない、愛することもない人は、美を求めるということをしないのではないか。自分は若い頃、病気をした時、切実に美しいものを追求したいと思った。今の気持ちはといえば、さらに絢爛たる美を追求したい、さらに美の範囲を拡げたいという気持ちになっている。（同）

実人生の何もかも、喜怒哀楽、是非善悪、清濁軽重など、すべてを、汲み上げたうえで見えてくるのが美だというのである。何と大きく、強く、愛情豊かなことかと、心を打たれないではいられない。絢爛たる美とは、

日本的な美、いや日本的なとも言いたくない、東洋と西洋を合わせたような大きな美。（『細見綾子聞き書』）

であり、「音楽や小説のよさを取り入れ」、たとえばベートーベンの交響楽に匹敵するような美、たとえば「志賀直哉の小説一編と対抗できるような」（「風」昭56・2）ものであると述べている。

そして、

日本の、大和の風土を自分の作品によって磨きたい。（『細見綾子聞き書』）

と言う。まさに新しい美、壮大な美の創造である。俳句の文学的、芸術的価値を高めようとする俳人としての決意であり、覚悟である。

綾子はもはや私には一人の信仰者に見える。

私は神も仏もキリストも信じているわけじゃないけど、何を神に当てはめるかと言われると自然というのが一番近いような気がしますね。（「風」昭56・2）

俳句がとどのつまり追求するものと、宗教が悟りにおいて追求するものとそれが美であることにおいて同じではないかと思っている。

（『細見綾子聞き書』）

綾子は自然を神としてひたすら美を追求する信仰者である。作句は祈りである。すべてを受容する強さも、すべてへ注ぐ愛情も、本来的な性格と、自然という絶対的なものを信ずる心が相まって生まれてきたものである。

引用句五十音順索引

「泥の好きなつばめ」引用全句、「綾子二百句鑑賞」表題句、および「綾子の俳言に学ぶ」引用全句の索引である。

【あ行】

【か行】

【さ行】

【た行】

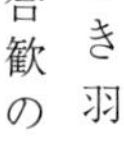

【ま行】

【や行】

【ら行】

【わ行】

細見綾子略年譜

1 年齢は満年齢とした。
2 敬称は一切省略させていただいた。

明治40年（一九〇七）0歳
3月31日　兵庫県氷上郡芦田村東芦田（現、丹波市青垣町東芦田）に父、細見喜市、母、とりの長女として生まれる。父は農業を営み芦田村村長を勤めた。

大正2年（一九一三）6歳
4月　芦田村小学校（平成二十九年に廃校）へ入学。

大正8年（一九一九）12歳
4月　兵庫県立柏原高等女学校（現、県立柏原高等学校）へ入学。柏原町の女学校寄宿舎に寄宿。

大正9年（一九二〇）13歳
11月1日　父、喜市病没。

大正12年（一九二三）16歳
3月　柏原高等女学校卒業。
4月　日本女子大学校国文学部（現、日本女子大学文学部日本文学科）に入学。構内の桂華寮に寄宿。

昭和2年（一九二七）20歳
3月　日本女子大学校を卒業。
4月　太田庄一（東大医学部助手）を養子に迎え、結婚。本郷区小石川原町に住む。日本女子大学校の図書館に勤務。

昭和4年（一九二九）22歳
1月3日　夫、庄一、腸結核にて死亡。享年二十八。体調を悪くし、郷里の丹波へ引き揚げる。
4月23日　母、とり死亡。享年五十一。
秋　肋膜炎を発し、以後長く療養生活を送る。佐治町（現、丹波市青垣町佐治）の医師、田村菁斎にすすめられ、俳句を作りはじめる。松瀬青々主宰「倦鳥」に投句。

昭和5年（一九三〇）23歳

1月 「倦鳥」に初入選。《野の花にまじるさびしさ吾亦紅》の一句。
11月20日 兵庫県氷上郡黒井町（現、丹波市春日町黒井）、兵主神社で丹波「倦鳥」俳句大会が催され、出席。城崎より帰途の松瀬青々に初めて会う。

昭和7年（一九三二）25歳

2月11日 綾子居にて柴栗会月例句会。柴栗会は田村菁斎が主宰する俳句結社であった。
6月18日 綾子居にて柴栗会月例句会。

昭和9年（一九三四）27歳

春 転地療養のため、大阪府豊能郡池田町（現、池田市）石橋の小川徳治郎方に仮寓、従妹の真砂子を伴う。

昭和10年（一九三五）28歳

1月13日 梅舊院での大阪倦鳥新年句会に出席。
秋 大阪中央放送局より、「飛鳥の旅」をラジオ放送。

昭和12年（一九三七）30歳

1月9日 松瀬青々没（享年六十九）。通夜に列し、十一日の葬儀に列席。
1月22日 丹波柴栗会による青々追悼句会に出席。於佐治町妙法寺。
2月7日 大阪市北区寒山寺の青々追悼句会に出席。
2月21日 法隆寺夢殿の青々追悼会に出席。
秋 松瀬吉春（青々令息）を助け、青々の『巻頭言集』、『随感と随想』、『添削抄録』、句集『鳥の巣』（上・下）、句集『松苗』（四巻本）などの原稿清記、編集に当る。

昭和13年（一九三八）31歳

5月29日 大阪そごう七階での倦鳥俳句大会に出席。
11月13日 唐招提寺での芭蕉忌に出席。
秋 大阪府三島郡の水無瀬宮を吟行。

昭和14年（一九三九）32歳

3月12日 「倦鳥」主催第三回浄瑠璃寺吟行会に出席。
5月14日 京都東福寺での倦鳥俳句大会に出席。
夏 北陸旅行。右城暮石、古屋ひでを、松瀬吉春、らと福井県九頭竜川畔、石川県粟津温泉の法師に泊り、安宅の関などを巡る。森本之棗の案内による。
昭和15年（一九四〇）33歳
1月14日　大阪市天王寺区下寺町、正覚寺での倦鳥社主催青々忌（第一回）に出席。
9月22日　法隆寺普門院での法隆寺子規忌に出席。
昭和16年（一九四一）34歳
3月16日　和泉国木積、孝恩寺寺坊（釘無堂）での青々先生句碑建設記念俳句会に出席。
9月21日　法隆寺子規忌附武定巨口（九月二日没）追悼会に出席。
昭和17年（一九四二）35歳
1月11日　正覚寺での倦鳥社主催青々忌に出席。
3月　第一句集『桃は八重』を倦鳥社より上梓。
9月20日　法隆寺普門院での法隆寺子規忌に出席。
秋　新薬師寺、法隆寺、唐招提寺に吟行。
11月　訪ねてきた沢木欣一らを箕面へ案内する。この時が欣一との初対面であった。欣一、二十三歳。
12月　上京。赤門から浅草観音へ欣一に案内される。
昭和18年（一九四三）36歳
10月　東京へ旅行。上野駅で欣一の出征を送る。
昭和19年（一九四四）37歳
3月　欣一から預かった句稿を整理、大阪の印刷屋で印刷、装幀して、欣一の第一句集『雪白』を刊行。
4月　「倦鳥」終刊。
昭和20年（一九四五）38歳
（終戦前後は郷里の丹波に在り）。
10月下旬　欣一復員。富山市への帰途、丹波の綾子居に寄る。
昭和21年（一九四六）39歳
5月　金沢市で「風」が創刊され、同人となる。
昭和22年（一九四七）40歳
11月　金沢市にて欣一と結婚。寺町三丁目、柏野方に居住。

昭和24年（一九四九）42歳
5月　上京、「風」の同人懇談会が催され、神田秀夫、志摩芳次郎、原子公平、金子兜太、関本有漏路、菊地卓夫、加倉井秋をらに会う。その後、安藤次男、金沢に来り泊る。

昭和25年（一九五〇）43歳
4月　欣一、盲腸炎にて金沢大学医学部付属病院に入院、手術のため看病。
6月19日　長男、太郎を金沢市内田病院にて帝王切開で出産。
8月　欣一、金沢大学法文学部専任講師となる。

昭和26年（一九五一）44歳
6月2日「風」五周年記念俳句大会を金沢で開催。石川桂郎来宅。
6月　金沢市弓ノ町十番地、発心寺（加藤竹窓）方へ転居。

昭和27年（一九五二）45歳
1月20日　西東三鬼、榎本冬一郎来宅。
3月「風」の編集発行人となる。
6月1日「風」六周年俳句大会が金沢市の北国会館にて催され出席。加藤楸邨出席。
7月　第二句集『冬薔薇』を風発行所より上梓。
8月　義弟（妹、千鶴子の夫）病没。
秋　北陸文化放送より「私の俳句遍歴」と題し、エッセイを連続放送。
11月『冬薔薇』にて、第二回「茅舎賞」を受賞。（茅舎賞は翌年から現代俳句協会賞と改称）。
11月2日　金沢市片町の大和グリルにて、茅舎賞受賞『冬薔薇』出版記念金沢祝賀会。窪田敏夫、深田久弥、森山啓、小松伸六、藤田福夫、加藤勝代ら出席。
11月8日　東京本郷の白十字にて東京祝賀会。能勢朝次、湯浅芳子、中村草田男、秋元不死男、安住敦、井本農一、杉浦正一郎、神田秀夫、角川源義、石川桂郎ら出席。

昭和28年（一九五三）46歳

1月　欣一とともに西東三鬼のすすめにより「天狼」に同人参加。神田秀夫も同時に参加。

6月14日　「風」七周年記念俳句大会が金沢市の北国会館で催され、中村草田男、西東三鬼、神田秀夫、原子公平ら来沢。ともに粟津温泉「対岳館」に泊り、那谷寺に遊ぶ。

11月　大阪市の大手前会館にての「天狼」五周年記念大会に出席。

昭和29年（一九五四）47歳

1月　金沢大学学生句会「北馬の会」が誕生。欣一とともに指導。

3月上旬　金沢市桜町四の二四に沢木宅新築。風発行所を移す。

5月23日　富山、石川、福井の俳人を結集して「北陸俳話会」が出来、総会に欣一と出席。

5月　加藤知世子、殿村菟絲子らが発起し創刊された「女性俳句」に参加。

6月6日　「風」八周年俳句大会が金沢市の北国会館で催され出席。秋元不死男、大野林火、鈴木六林男、金子兜太ら来沢。

8月1日　大阪にての「萬緑」関西大会に欣一と出席。阿波野青畝、金子兜太らも出席。

☆この年、「北国新聞」の俳句欄の選者、ＮＨＫ金沢放送局のラジオ俳句の選者となる。

昭和30年（一九五五）48歳

6月12日　「風」九周年俳句大会が金沢市の北国会館で催され、原子公平、金子兜太、鈴木六林男ら来沢。

11月20日　「風」百号記念北陸俳句大会が金沢市の北国会館にて開催され出席。大野林火ら来沢。

昭和31年（一九五六）49歳

3月　東京都武蔵野市境南町五の八の七に新築中の家が完成。金沢より移る。欣一は金沢に任あり、しばらく離れて暮らす。

6月　第三句集『雉子』を琅玕洞より上梓。

9月8日　『塩田』（欣一第二句集）及び『雉子』合同出版記念会。東京芝公園の芝郵政会館で催され、

富安風生、湯浅芳子、井本農一、深田久弥、大野林火ほか出席。
10月　欣一、金沢大学助教授より、文部省教科書調査官に転任。
11月　風発行所を東京の自宅に移す。
11月11日　「風」十周年記念俳句大会が金沢市の北国会館で催され、欣一、金子兜太、加倉井秋を、田川飛旅子、佐藤鬼房、堀葦男らと出席。
☆この年より「女学生の友」（小学館）の俳句の選を担当する。

昭和32年（一九五七）50歳
4月　太郎、小学校入学。
8月　姪の細見永子、清瀬病院に入院手術。以後三年間、再々清瀬に通う。

昭和33年（一九五八）51歳
7月　「風」の印刷所を東京に移す。
8月下旬　北九州市小倉の「自鳴鐘」十周年大会に横山白虹に招かれ、欣一、太郎と出席。

昭和34年（一九五九）52歳
4月19日　「風」浜松支部発足記念俳句大会に欣一、加倉井秋をらと出席、磐田市に飴山實を訪う。
8月23日　武蔵野市高円寺の根津会館にて、「風」全国大会を開催、出席。
8月　随筆集『私の歳時記』を風発行所より上梓。

昭和35年（一九六〇）53歳
3月21日　東京神楽坂の出版クラブにて『私の歳時記』出版記念会。久松潜一、守随憲治、窪田敏夫、吉田精一、中村草田男、西東三鬼、大野林火、安住敦、角川源義ほか出席。
4月20日　欣一の父、沢木茂正、金沢市で没。葬儀に列す。
9月25日　東京四ツ谷の主婦会館にて、「風」十五周年記念大会を開催、出席。
10月22日　姪の細見幸子、丹波で没。

昭和36年（一九六一）54歳
4月2日　俳句研究社主催「北陸俳句大会」が金沢

市の農業会館で催され、楠本憲吉、加倉井秋を、清崎敏郎、欣一らと講演。
6月　羽黒山芭蕉祭に招かれ、殿村菟絲子、加藤知世子、桂信子らと出席。赤倉温泉、東山温泉に遊ぶ。

昭和37年（一九六二）55歳
4月7日　伊良湖崎へ、東京「風」句会有志、西垣脩、皆川盤水、欣一らと吟行。

昭和38年（一九六三）56歳
3月　『私の歳時記』北陸放送より三ケ月間連続で放送される。
10月下旬　秋田魁新聞社の招きにより、秋田県俳句大会に出席。講演。
10月　NHKより、『私の歳時記』の一部が朗読される。

昭和39年（一九六四）57歳
5月10日　敦賀市、敦賀観光ホテルでの「風」北陸大会に出席。
5月11日　色ケ浜を吟行。
11月10日　渋谷の旅館清水にて「風」全国大会、出席。

昭和40年（一九六五）58歳
2月　母校、芦田小学校の校歌を作詞、発表会に出席。
4月　「新潟日報」の俳壇選者を委嘱される。
5月2日　金沢市の観光会館で「風」二百号記念大会を開催、講演。山口誓子らと能登気多神社妙成寺などに吟行。
5月19日　小千谷市の志城柏主催「花守」百五十号記念大会に出席。
8月　丹波に帰郷。

昭和41年（一九六六）59歳
1月　鎌倉市に吉野秀雄を見舞う。
4月　欣一、東京芸術大学助教授に転任。
5月21日　新宿の厚生年金会館にて「風」二十周年記念大会開催、出席。
11月3日　能登曾々木に欣一の塩田句碑完成。除幕式に臨席。

昭和42年（一九六七）60歳
11月12日　埼玉県足立町志木の敷島神社境内で行われた、椎木嶋舎句碑除幕式に出席。

昭和43年（一九六八）61歳
6月2日　宇都宮市の栃木会館にて「風」関東俳句大会が催され、平畑静塔とともに講演。
7月　下旬より一ケ月、欣一、沖縄旅行。
10月2日　長岡市のホテル・ニュー長岡での「風」北陸大会にて講演。
10月　岐阜市の「新女性俳句」大会にて鵜飼を見、谷汲寺、横蔵寺に詣でる。

昭和45年（一九七〇）63歳
1月　第四句集『和語』を風発行所より上梓。
4月　欣一、東京芸術大学教授となる。
5月24日　岐阜市のホテル・ニューナガラカンでの「風」東海大会に出席。鵜飼を見る。
5月25日　中仙道、不破関を吟行。
7月5日　出羽三山神社主催の羽黒山全国俳句大会に招かれ、欣一とともに選者として出席。

昭和46年（一九七一）64歳
5月16日　金沢市尾山神社境内に鶏頭句碑《鶏頭を三尺離れもの思ふ》昭和二十一年作）完成。除幕式に出席。
同日　金沢市の観光会館で「風」二十五周年記念全国大会を開催。山本健吉出席。
12月　石川県立金沢女子高校の校歌を作詞し、発表会に出席。

昭和47年（一九七二）65歳
8月24日　岐阜県関市の小瀬鵜飼吟行会に欣一、宮岡計次らと出席。
10月15日　弘前市の東奥日報弘前ビルでの「風」東北俳句大会に出席、講演。

昭和48年（一九七三）66歳
4月11日　この日より東京女子医大病院に約二ヶ月間入院、胆石除去手術。
10月21日　「風」三百号記念大会が、帝国ホテルにて催され、出席。懇親会に富安風生、山本健吉、安達健二文化庁長官、戸沢政方、安嶋彌、大野林火、平畑静塔、井本農一、栗山理一ほか出席。

昭和49年（一九七四）67歳

2月16日　新潟市の「風」新潟支部結成記念句会に出席。瓢湖の白鳥を見る。

7月14日　鎌倉市瑞泉寺での横浜「風」句会、百五十回記念句会に出席。

11月　第五句集『伎藝天』を角川書店より上梓。

☆「ミセス」（文化出版局）の俳句選を三年間担当。

昭和50年（一九七五）68歳

3月24日　『伎藝天』にて芸術選奨文部大臣賞（文学部門）を受賞。東京虎の門の国立教育会館にて授賞式。受賞理由「繊細典雅、情感豊かな作風の中に、対象把握の的確さ、自在さを示した出色の作品集である」（毎日新聞、三月十五日付）。同時受賞者に、田中絹代、芥川比呂志、足立巻一、高木健夫ら、新人賞受賞に鷹羽狩行ほか。

5月1日　東京丸の内の東京会館にて、細見綾子芸術選奨受賞記念祝賀会を開催。発起人、安住敦、井本農一、角川源義、富安風生、水原秋桜子、山口青邨、山本健吉。水原秋櫻子、富安風生、大野林火、ほか出席。

6月2日　NHKラジオ放送「人生読本」にて、三日間にわたり「わたしの歳時記」と題し、俳句と自然について放送。

8月　随筆集『私の歳時記』を定本化して牧羊社より上梓。

10月27日　角川源義の訃を知り、荻窪、角川邸の通夜へ。

11月　俳句文学館建設資金のため、欣一、綾子色紙短冊頒布会。

12月12日　伊賀の宮田正和が角川俳句賞を受賞。午後、浜松町のプリンスホテルでの授賞式に出席。

昭和51年（一九七六）69歳

3月27日　首相官邸の「芸術家との懇談会」に招かれ、中山純子、宮田正和と出席。

8月6日　古谷実喜男追悼句会のため、箱根へ行く。
9月12日　富山市の県民会館にて俳人協会主催「富山懇親吟行会」が催され、協会派遣講師として出席。
10月17日　東京丸の内の東京会館にて「風」三十周年記念大会が催され、出席。
10月　自註現代俳句シリーズ・第Ⅰ期①『細見綾子集』を俳人協会より上梓。
11月6日　銀座五丁目k森永キャンディーストア二階にて、西村公鳳傘寿記念祝賀会が開かれ、出席。

昭和52年（一九七七）70歳

4月　岐阜の松井利彦氏ら「風」の連衆に招かれ、宮岡計次と共に、根尾の淡墨桜を見る。
8月21日　武蔵野句会十周年記念筑波山吟行に西垣脩、欣一、平本萩水らと参加。
9月23日　「風」沖縄支部に招かれ、沖縄旅游。本谷久邇彦、中山純子、清川とみ子、荏原京子ら十一名同行。二十六日まで。
10月23日　金沢市の観光会館にて、「風」三百五十号記念大会が催され、出席。
11月13日　国立句会十周年記念奥多摩吟行会に出席。海禅寺、吉川英治記念館など。

昭和53年（一九七八）71歳

2月11日　浜松弁天島のニュー弁天島会館にて「風」同人総会、出席。
5月　第六句集『曼荼羅』を立風書房より上梓。
6月　随筆集『花の色』を白鳳社より上梓。
8月21日　この日より30日まで東京銀座のギャラリー四季にて、細見綾子俳句展を開く。
10月21日　鳥羽市の戸田家別館にて、「風」全国鍛練俳句大会、出席。
10月22日　鳥羽、志摩吟行。大王崎灯台、波切など。ひき続き有志と那智滝へ吟行。
11月11日　俳句文学館にて、「故、西垣脩氏を偲ぶ会」が催され、出席。
12月3日　宇都宮市にての、故、木村三男追悼句会に出席。

昭和54年（一九七九）72歳
2月11月　愛知県犬山市の迎帆楼にて「風」同人総会、出席。
4月7日　欣一の母、沢木園の米寿祝が金沢市桜町の家にて開かれ、欣一、太郎と列席。
6月25日『曼陀羅』により、第十三回蛇笏賞を受賞。東京丸の内の東京会館にて行なわれた授賞式に、「風」より百人出席。
9月8日　俳人協会主催「全国俳句大会」が朝日新聞社東京本社にて催され、尾形仂と講演。「花の話」。
10月21日　埼玉県嵐山町の国立婦人会館にての「風」小川句会十周年記念大会に出席。
11月12日　俳句文学館にて、「自作を語る」と題し講演。受講者百名を超える。
11月24日　京都市の京都商工会議所講堂で開催された「風」全国俳句大会に欣一と出席。
11月　『細見綾子全句集』を立風書房より上梓。

昭和55年（一九八〇）73歳
5月5日　この日より国立市のＮＨＫ学園にて、ＮＨＫ俳句教室の講師を担当。毎週木曜日。
5月29日　中日友好協会の招きで、大野林火を団長とする二十一人の俳人協会訪中団（第一回）のメンバーとして中国を訪問。他に岸風三楼、井本農一、金子兜太、香西照雄、松崎鉄之介。「風」より広瀬一朗、堀古蝶同行。六月七日まで。
8月3日　沢木欣一「みやらび句碑」が沖縄県辺戸岬に建立され、除幕式に出席。「風」より百十三人、地元関係者約四十人参列。
8月29日　金沢市片町の北国ビル内、北陸電力サービスステーションにて、金沢「風」俳句展開催。細見綾子著書コーナーに著書十冊陳列。
9月18日　この日より、ＮＨＫ文化センター「国立教室」の俳句講座で講師として指導。毎週木曜日、十二回。
12月3日　俳句文学館にて、右城暮石と共に講演「松瀬青々を語る」開催。
☆綾子と風発行所が舞台になった映画、「俳句の瞬間」（カナダ、シートン、フィンドレー制作）が、第二十四回日本紹介映画コンクールで金賞を受賞した。

昭和56年（一九八一）74歳
2月14日　愛知県渥美町伊良湖の豊鉄ホテル伊良湖にて、第四回「風」同人会開催、出席。
4月12日　大阪府職業訓練センターにて俳人協会関西俳句大会が開かれ、「俳句雑話」と題し講演。
5月15日　春季生存者叙勲において、勲四等瑞宝章を受章。国立劇場の授章式典に出席。
6月13日　「風」同人会主催、細見綾子叙勲祝賀会が新宿プラザホテルにて開かれる。安嶋彌宮内庁東宮大夫、戸沢政方衆議院議員、草間時彦ら出席。「風」より百八十五人。
8月19日　三十日まで欣一と共に丹波へ帰郷。関西支部の同人、丹波句会と合同句会をもつ。
10月30日　俳句文学館にての「風」俳句展に出品。
11月1日　東京会舘で開かれた「風」創刊三十五周年、四百号記念大会に出席。講演、山本健吉。

昭和57年（一九八二）75歳
2月13日　第五回「風」同人総会が須磨にて開催さるも、発熱のため出席できず。
5月22日　札幌市教育文化会館での俳人協会創立二十周年記念北海道俳句大会に講師として出席。「風」の二十四名同行。
9月6日　十日まで丹波へ帰郷。日守むめ、辻恵美子が同行。
9月　随筆集『俳句の表情』を求龍堂より上梓。
11月21日　奈良市文化会館での「風」全国俳句大会に出席。

昭和58年（一九八三）76歳
2月11日　第六回「風」同人会総会が静岡県嵯峨沢温泉の嵯峨沢館にて開かれ、欣一と出席。
4月8日　角川俳句賞選考会が九段のホテルグランドパレスにて開かれ、出席。（以後七年間務める）。
8月6日　武蔵野市吉祥寺カトリック教会で執り行われた中村草田男の葬儀に参列。
8月22日　俳句文学館にて中国の林林を囲んでの座談会があり、欣一と出席。他に安住敦、松崎鉄之介、佐藤和夫、皆川盤水ら。
9月3日　虎の門ホールの俳人協会全国大会に出席。

9月5日　丹波へ帰郷。欣一、皆川盤水、高木良多、野崎ゆり香が同行。高座神社、柏原高女の旧校舎などへ寄り、柏原病院へ妹を見舞う。
11月13日　箱根で開かれた「風」全国俳句大会に欣一と出席。

昭和59年（一九八四）77歳
1月24日　東京会舘での山本健吉の文化勲章受賞祝賀会に出席。出席者四百名程。
4月　この月より毎月一回、一年間NHK教育テレビ趣味講座「俳句入門」の講師を鷹羽狩行と交互に行なう。
8月15日　欣一の母、沢木園、老衰のため金沢にて死亡、享年九十二。
11月23日　金沢国際ホテルにて「風」全国俳句大会が催され、出席。
11月　句文集『奈良百句』を用美社より上梓。

昭和60年（一九八五）78歳
1月　皇居の歌会始に陪席。
7月　東京都立川の朝日カルチャーセンターで「女が俳句を作るとき」と題して講演。
9月　松山市での「子規顕彰全国俳句大会」に選者・講師として出席。
11月　「風」創刊四十周年記念事業として、故郷丹波、氷上郡青垣町東芦田の高座神社に「でで虫句碑」（《でで虫が桑で吹かるゝ秋の風》昭和七年作）が建ち、除幕式に臨席。
☆この年から、蛇笏賞選考委員となる。

昭和61年（一九八六）79歳
1月　大阪での「俳人協会関西新年大会」に出席。
「俳句」一月号から「武蔵野日記」を連載。
3月　「俳句研究」三月号で「特集細見綾子の世界」。
5月　日本詩歌文学館賞俳句部門選者として、授賞式のため北上市へ。
6月　「週刊朝日」に「細見綾子と風の人々」が掲載される（全二回）。
12月　第七句集『存問』を角川書店より上梓。

昭和62年（一九八七）80歳
1月　欣一、東京芸術大学を定年退職、名誉教授となる。
5月　「俳句」五月号で『存問』特集が組まれる。
6月30日　辻恵美子の角川俳句賞授賞式に欣一と出席。
9月　妹の千鶴子が病没。

昭和63年（一九八八）81歳
5月　詩歌文学館賞授与式のため北上市へ。
9月　高崎市での村上鬼城顕彰会主催「全国俳句大会」に出席。

昭和64年・平成元年（一九八九）82歳
2月　俳人協会顧問に就任。
5月　須賀川市での「奥の細道三百年記念俳句大会」に出席。
8月9日　心筋梗塞のため新宿JR総合病院に緊急入院（十一月に退院）。

平成2年（一九九〇）83歳
3月　三重県伊賀町芭蕉公園に青々句碑と並んで、《早稲刈りにそばへが通り虹が出し》（昭和四十九年作）句碑が建ち、除幕式に臨席。
8月　体調不良のため、JR総合病院に短期入院。
12月　ビデオ『細見綾子集』がビクターより出る。

平成3年（一九九一）84歳
7月　朝日新聞にインタビュー「わが余白」掲載。
8月　NHK衛星テレビ放映の「風」句会に出演、松島へ。

平成4年（一九九二）85歳
1月　沢木欣一編『細見綾子　俳句鑑賞』が東京新聞出版局より刊行される。
4月　春陽堂俳句文庫『細見綾子』を上梓。
同月　第八句集『天然の風』を角川書店より上梓。

平成6年（一九九四）87歳
4月　第九句集『虹立つ』を角川書店より上梓。

5月　沢木欣一監修・山田春生編集の『綾子俳句歳時記』が東京新聞出版局より刊行される。
6月6日　心不全で肺に水が溜まり新宿JR総合病院に入院（九月八日退院）。
9月26日　ヘルペスで新宿JR総合病院に入院（九月二十八日退院）。

平成7年（一九九五）88歳
6月　母校柏原高等女学校跡に、《雉子鳴けり少年の朝少女の朝》（昭和二十四年作）句碑が建つ。

平成8年（一九九六）89歳
3月　随筆集『武蔵野歳時記』を東京新聞出版局より上梓。
4月26日　新宿JR総合病院に入院。
6月　第十句集『牡丹』を角川書店より上梓。
8月　邑書林句集文庫『伎藝天』を上梓。
10月　左足大腿部を骨折、手術。
12月　東京都立多摩老人医療センターに入る。

平成9年（一九九七）90歳
3月24日　東村山市の多摩老人医療センターに入院。
5月7日　誤嚥のため埼玉県日高市の旭ヶ丘病院に入院。
9月6日　夜、心不全のため同病院にて永眠。
9月10日　多磨霊園斎場にて近親者のみによる密葬。
11月　新宿京王プラザホテルで「細見綾子を偲ぶ会」、参列者約七百人。

本年譜は
・新田祐久編「細見綾子年譜」（『細見綾子全句集』
昭54・11立風書房刊）
を基本に、
・辻恵美子編「細見綾子年譜」（私家版）、
・檜山哲彦編「細見綾子略年譜」（『細見綾子全句集』
平26・9角川学芸出版刊）
更に「風」誌、に拠り補った。

あとがき

本書は「風」に昭和五十七年八月号から五十九年十一月号まで連載した「細見綾子百句」と、「梅檀」二〇一五（平成27）年二月号から二〇一七（平成29）年二月号まで連載した「綾子の句」に手を加え、纏めたものである。

途中何回かブランクがあり、二百句を書き上げるまでに随分歳月を経てしまったという思いが強い。当初は本にするつもりなど全くなく、また話を持ちかけて下さる方もいないわけではなかったが、そのままに過ぎた。

「細見綾子百句」のあと、「梅檀」に「綾子の句」という題で後半の百句を書き進めていく中で、「梅檀」十五周年記念事業の一つに入れて頂き、今こうして出版出来たことは本当に有難く、感謝の至りである。

「綾子百句」を連載していた頃、綾子先生が「辻さん、これは私のためにやっているのではなく、あなた自身の為にやっているのよ。」とおっしゃった言葉を思い出す。当時は夢中で、誰の為などということなど思いもよらなかったが、今にして思えば私自身の勉強の為だったということだ。そして出版叶った今、拙いながらこの本は私を離れ、細見綾子という不世出の俳人の作品を知るよすがとして、その美しさ、深さ、おもしろさに共感していただけたならこれに優るよろこびはないのである。

尚、この本の発行日十月一日は奇しくも私の誕生日でもあり、どなたの思し召しかとよろこんでいる。

最後になったが、本書を出版するにあたり、邑書林の島田牙城様には細部に至るまで大変お世話になり、篤くお礼申し上げます。

また、秀島みよ子さん、藤田佑美子さんをはじめ「栴檀」の多くの方に事務的な助力をいただいた。記して感謝の意を表したい。

二〇一七年七月二十四日

辻　恵美子

辻 恵美子 つじ えみこ

一九四八（昭和二十三）年 十月一日、岐阜県生まれ
一九七〇（昭和四十五）年 「風」入会、沢木欣一、細見綾子に師事
一九七九（昭和五十四）年 「風」新人賞受賞
一九八〇（昭和五十五）年 「風」同人
一九八二（昭和五十七）年 風賞受賞
一九八七（昭和六十二）年 第三十三回角川俳句賞受賞
二〇〇二（平成十四）年 「梅檀」創刊・主宰

著書
句集『鵜の唄』（一九九六、平8）『萌葱』（二〇〇九、平21）
『自註現代俳句シリーズ・辻恵美子集』（二〇一三、平25）『帆翔』（二〇一四、平26）
「梅檀」主宰、「山繭」・「晨」同人、公益社団法人俳人協会評議員、同岐阜県支部顧問、
日本文藝家協会会員、日本現代詩歌文学館振興会評議員
現住所 〒504-0905 岐阜県各務原市蘇原六軒町四-十-十-二-三〇六

泥の好きなつばめ　細見綾子の俳句鑑賞

著　者＊辻　恵美子©

発行日＊二〇一七年十月一日

発行人＊島田牙城
発行所＊邑書林
661-0033　兵庫県尼崎市南武庫之荘3-32-1-201
Tel ○六（六四二三）七八一九
Fax ○六（六四二三）七八一八
郵便振替 ○○一○○-三-五五八三三
younohon@fancy.ocn.ne.jp
http://youshorinshop.com

印刷所＊モリモト印刷株式会社
用　紙＊株式会社三村洋紙店
定　価＊本体二五〇〇円プラス税
図書コード＊ISBN978-4-89709-853-1